LE DERNIER INVENTEUR

DU MÊME AUTEUR

Parce que les tatouages sont notre histoire, Robert Laffont, 2019
Dans le ventre du loup, Flammarion, 2018 ; Pocket, 2019
Les Enfants de chœur de l'Amérique, Anne Carrière, 2015 ; Pocket, 2017
Le Roman de Boddah, Fayard, 2013 ; Pocket, 2016

Héloïse Guay de Bellissen

LE DERNIER INVENTEUR

Roman

Robert
Laffont

ISBN : 978-2-221-24109-7
Dépôt légal : août 2020

Note de l'auteure

Tous les dialogues de ce livre ont été tirés d'entretiens enregistrés avec Simon Coencas, le dernier inventeur vivant de la grotte de Lascaux, disparu le 2 février 2020, à l'âge de quatre-vingt-treize ans. Les autres personnages historiques ont pris corps grâce à ce qu'un écrivain fait de mieux (ou de pire) : imaginer.

À Victorine et Michel,
à María Sanz, etc.
Et à mon père.

« Je n'ai pas besoin de chercher refuge
dans une grotte : je porte ma grotte en moi. »

André Malraux, *Antimémoires*

« Ainsi m'apparaît dans la frise de Lascaux,
mère fantastiquement déguisée, /
La Sagesse aux yeux pleins de larmes. »

René Char, *La Bête innommable*

« La peinture pense. »

Georges Didi-Huberman, *La Peinture incarnée*

Introduction

Quand j'étais môme, deux choses me semblaient nécessaires : la désobéissance et l'émerveillement. Dans cet ordre-là précisément. Et, par une chance insolente, ces deux facultés étaient miennes. J'étais même, on peut le dire, l'ambassadrice du genre. Mais un triste jour, et j'ai encore mal à mon enfance en avouant ce qui suit, j'ai appris qu'une autre petite fille m'avait surpassée et de loin dans ce domaine.

María Sanz de Sautuola, huit ans, en pratiquant cette équation, la mienne au demeurant, *désobéissance + émerveillement*, avait changé la face du monde. María avait non seulement *désobéi* à son père, mais déclenché un *émerveillement* d'une brutalité sans précédent. Et le monde scientifique, le monde entier, l'avait glorifiée pour ça. *Ça*, cette alchimie parfaite que je pratiquais dans ma propre petite existence, et qui, je dois bien l'admettre, ne m'avait jamais beaucoup servi (c'était même l'inverse).

Mais cette garce de María Sanz de Sautuola avait depuis peu élargi son public jusqu'à ma classe de CM1, en cours d'histoire.

— C'est donc cette petite fille, qui avait votre âge en 1879, qui a vu les taureaux sur la paroi des grottes d'Altamira en Espagne. Alors que son père, archéologue, regardait ses pieds pour trouver la trace des hommes préhistoriques sur le sol, elle s'est avancée dans la grotte. Son père ne la voyant plus y est entré, affolé, et il l'a trouvée à quelques mètres. Et elle lui a dit cette phrase célèbre en lui montrant du doigt le plafond voûté : « Papa, tu as vu les taureaux ? »

Alors que la maîtresse continuait de parler, nous tous, les mômes, nous avons levé la tête vers le plafond de la classe. Des panneaux de polystyrène grisâtres – mais sûrement avaient-ils été blancs à la préhistoire – nous dévisageaient en retour. Nous les mômes, les CM1 de madame Defix, surnommés par nous-mêmes « les loups de l'école Malsert », la porte bleue à droite de l'escalier, nous regardions les « taureaux » qu'avait vus María. Émerveillement collectif. Nous étions fous amoureux de sa découverte. Une gamine avait rencontré une « grotte ornée », comme on les appelait. Elle avait découvert une chose incroyable, des dessins d'adultes qui ressemblaient à des dessins d'enfants.

— Et vous savez de quand datent les dessins ? a demandé madame Defix en nous montrant une diapositive d'un aurochs peint.

— Non, avons-nous répondu en chœur.

— 15 000 ans.

C'est comme ça que María était devenue mon ennemie imaginaire. Si une gamine avait pu déceler des peintures dans une grotte qui changeait notre vision de l'histoire de l'homme, que me restait-il ? C'était une grave et une immense erreur de ma part de n'avoir jamais rien découvert, mais, malgré toutes mes tentatives, je ne trouvais rien dans mon jardin ou dans la forêt alentour, qui ressemble à des cavernes.

Et puis un jour, quelques années plus tard, mon père et moi marchions dans la forêt et, parmi les pieds de thym et de romarin, il s'est arrêté net. Je crapahutais toujours derrière lui, c'était une règle tacite entre nous, et je l'ai alors dépassé (légère désobéissance mais quand même). Il s'est baissé et a ramassé une pierre. Je suis revenue sur mes pas, et nous l'avons regardée sans un mot. Il la tenait dans ses mains et l'observait. Elle était lisse et grise, semblable aux pierres qu'on trouve en Provence, et elle était parfaitement ronde, la nature semblait l'avoir façonnée pour en faire un globe terrestre miniature un peu lourd.

— Nous allons la rapporter, il a dit (émerveillement de sa part).

— Pourquoi ? j'ai demandé.

— Parce qu'il y a peut-être autre chose dedans.

— Ah bon ? comme quoi ?

— Une pierre semi-précieuse, un fossile, je ne sais pas.

J'ai pensé tout de suite, « Hé María, ça y est j'ai ma revanche, tu crois pas ? » Ce jour-là, j'ai eu envie de rentrer chez moi en volant. Je pensais *Indiana Jones, Les Goonies, L'Île au trésor* et bien sûr à cette grotte d'Altamira.

Je suis sortie de la voiture comme une flèche, et nous sommes allés dans le garage. Mon père a posé notre trésor sur son établi et moi, je m'imaginais déjà répondre à Patrick Poivre d'Arvor au journal télévisé :

— Oui, Patrick, ça va et vous ?... Eh bien, c'est vrai que trouver dans une pierre à la fois le linceul de Jésus-Christ en or, le nez du Sphinx, les premiers planches de *Tintin. Le Trésor de Rackham le Rouge*, c'est inespéré !... Ah ça, vous avez raison, c'est une des plus belles trouvailles de l'humanité, ce n'est pas moi qui l'ai dit.

Mon père a pris un burin et un marteau pour éclater la pierre.

— Tu es prête ? il m'a lancé.

Et comment, j'étais prête depuis le CM1. Il m'a enfilé une paire de lunettes en plastique sur les yeux et il a tapé. La pierre s'est fendillée puis elle s'est ouverte en deux, comme un livre. Un livre sans histoire, car ce vulgaire caillou des collines était simplement une pierre trop ronde pour être honnête, voilà ce que c'était. Nous étions désespérés, parce que, sachez-le, le désespoir n'est jamais loin de l'émerveillement.

— Pourquoi des gens trouvent des choses et d'autres non ? j'ai demandé à mon père.

— Je ne sais pas, on a essayé, en tout cas.

— María Sansas de Santiague, elle, elle a trouvé.

— Ah ça c'est sûr, elle a trouvé la plus belle chose du monde, il a murmuré.

Puis il a dit :

— Son nom, c'est Sanz de Sautuola.

J'ai regardé mon père et sa condescendante érudition avec une tristesse sans précédent. Il connaissait les exploits de María ainsi que son nom, que j'avais malmené toutes ces années. Il aimait l'archéologie et la préhistoire, mais quand même.

— Tu aimes les histoires de découverte ? il m'a demandé.

— Oui.

— Tu connais celle de la grotte de Lascaux ?

— Non.

— Ce sont quatre adolescents qui l'ont trouvée. Le plus jeune avait ton âge, treize ans, il s'appelait Simon.

Je me suis assise sur l'établi et j'ai écouté, mais c'est une autre voix qui a raconté.

1.

Viens enfant, rapproche-toi. Entre, ne sois pas impressionné. Je vais t'éblouir, briser avec tendresse tes yeux et les recoller avec mes dessins. Est-ce que tu les aimes ? Oui, tu les aimes. Celui-là, c'est un aurochs, regarde. Là, sous mon abside, j'ai un cerf. Tu as le temps ou pas ? Il t'en faudra. Des centaines d'animaux et signes, ça fait du monde. Tu ne sais pas, tu ne sais rien encore de ce qui se cache sous la crasse des siècles.

Tu m'aimeras comme tu n'aimeras personne d'autre que moi, parce que je suis la Beauté. Je suis une énigme vidée et éclairée de toi. Une faille qui dissèque les nuits en miracles. Hermès est né en moi, Zeus y a été caché afin que son père, Chronos, ne le dévore pas.

Éclaire-moi encore et tu verras.

Je ne veux que toi.

Avec ton regard tu me continueras, promets-moi.

Maintenant que tu m'as regardée, reconnue, estimée, je vais te dire qui je suis.

Je suis l'éternité du vrai. Je suis les matins primitifs. Je suis le phénomène complet du monde, l'héritage des silences. Je suis les débuts de la pensée secrète et originelle. Je suis le tout. J'accorde à l'homme ce qu'il a de plus humain, la création qu'il porte en lui, qu'il dépose en moi et qu'ensuite je dois protéger. Je suis le premier geste poétique. Je suis la préexistence. Je suis la terre mère, le nombril mondial. Je suis un accident karstique du Coniacien. Je suis la bouche des millénaires qui prononce un je t'aime véritable. Je suis la seule chose au monde née du vent, de l'eau des nappes profondes, du calcaire et par toi. Je suis un geste de la nature que l'homme a ébranlée, éprouvée, sanctifiée. J'ai été aimée, caressée, tracée, gravée, colorée. Je suis une formation argileuse sur une colline de châtaigniers et de pins. Je suis destinée à quelque chose sans en être concernée. Je ne suis pas un départ mais un commencement.

J'ai 17 000 ans, je suis la grotte de Lascaux.

Comme la tienne, mon existence est peuplée de dessins et de signes et j'ai besoin du regard des autres pour être vivante. Le 14 septembre 1940, des adolescents m'ont trouvée. C'est parce que les enfants vivent dans un univers puéril et magnifique qu'ils nous captent dans les profondeurs de la terre. Nombre de grottes ornées ont été accouchées par eux. Ils savent enfanter. Moi, mes inventeurs s'appelaient : Simon, Jacques, Marcel et Georges. Ils m'ont découverte. C'est ainsi que le monde souterrain et le monde terrestre se sont rencontrés. Je me suis ouverte à eux pour une bonne raison. Tu veux la connaître ? Vraiment ? Viens.

Paris, Champs-Élysées, avril 2018

Devant la porte d'entrée d'un immeuble haussmannien, je sonne à « Simon Coencas ». Une petite voix de femme me dit :

— Venez, c'est au cinquième étage !

Je monte dans l'ascenseur et me demande tout à coup : *Est-ce que je suis vraiment prête pour ma première découverte ?* Car j'ai retrouvé Simon, le plus jeune des enfants de Lascaux, aujourd'hui leur seul représentant. Il est la dernière parole des inventeurs, ses copains sont morts. Le petit Simon est aujourd'hui âgé de quatre-vingt-onze ans. Au téléphone, quand je l'ai contacté, il m'a dit :

— Passez chez moi, oui ! J'ai eu une vie incroyable !

N'importe qui, surtout quelqu'un n'ayant jamais rien découvert, serait parti sur-le-champ à sa rencontre.

Quand j'arrive sur le palier, des bruits de pas sur le parquet et une porte entrouverte.

— Entrez ! me crie la même voix qu'à l'interphone.

Je suis accueillie dans un bel appartement, tableaux, sculptures, photographies de famille, une vie entière me regarde pénétrer dans les lieux. Les murs parlent. Des étagères recouvertes d'objets anciens, des antiquités, une photo encadrée de la salle des Taureaux de Lascaux, je m'y attarde quelques secondes.

— Venez, venez ! me lance une voix.

J'avance dans le couloir, il est là, sur ma gauche, dans le salon. Simon Coencas, dernier inventeur de la grotte de Lascaux, presque un siècle, est en train de donner à manger à des pigeons sur son balcon. Il dit :

— Les bêtes sont plus humaines que les humains !

Il prêche une convaincue. Sa femme Gisèle arrive à ma rencontre, me demande si je veux un café. Je dis oui. Simon vient de finir de donner la becquée à ses petits et s'assied à une table ronde. Il me fait signe de prendre place en face de lui.

— Ça ne vous dérange pas si je mets un enregistreur en marche ? Je n'ai pas de mémoire...

— Oui, oui, faites ! me dit-elle.

Parfois, quand on parle à Simon, c'est Gisèle qui répond. Et l'inverse arrive aussi. Lui, là, tout de suite il continue son petit déjeuner. Tranche de pain, beurre, confiture. Je suis intimidée. Gisèle prend une chaise et se place à côté de moi. On dirait que je suis une nièce passée les voir en coup de vent. J'enclenche le premier enregistrement avec un appareil que j'ai acheté exprès ; mon téléphone aurait pu faire l'affaire, mais je voulais faire comme l'agent Cooper de *Twin Peaks* et que tout cela constitue un ensemble isolé.

— Je crois que ça marche, là..., je dis en voyant les secondes sur l'écran défiler.

Simon a une trachéotomie. Quand il parle, il doit appuyer sur un pansement posé sur sa gorge. C'est une forme de chorégraphie. Dès qu'il prend la parole, sa main se pose sur son cou, et fait vibrer des cordes vocales caverneuses.

— C'est pénible pour vous de parler, monsieur Coencas ? je demande.

— Non, mais j'ai mis un petit truc, si c'est pénible, je ralentirai.

— Je peux vous appeler Simon ? ou plutôt monsieur Coencas ?

— Simon, Simon. (Il enchaîne.) On va sur soixante-dix ans de mariage, vous savez, il dit en regardant sa femme.

— Ça c'est magique, je réponds.

— C'est beaucoup de patience, rétorque Gisèle en riant.

— Je me doute ! je réponds.

Ici, tout est suspendu. Le temps d'abord, et l'amour. Y a des gens comme ça qui se complètent. Je pourrais rester indéfiniment avec eux, commencer une colocation discrète, devenir une souris, un pigeon plutôt, et prendre des notes, les contempler en bouffant du pain sur leur balcon.

— Simon, mon père adore la préhistoire, alors quand il a su que je venais chez vous, il m'a dit que vous rencontrer, c'était comme rencontrer Jésus en quelque sorte !

— Loin de là ! me répond sa femme en souriant.

Ils se regardent. Simon a de grands yeux bleus amplifiés par des binocles – qu'il doit changer, me confie-t-il. Gisèle, elle, porte sur ses cheveux gris des barrettes de petite fille.

D'un coup il se lève, met un temps fou à parcourir la moitié du salon, seulement quelques mètres, des petits pas tout ce qu'il y a de plus adorable. Plus tard, j'apprendrai qu'un cours de claquettes eut une importance décisive dans sa vie. Il fouille un tiroir, en sort quantité de livres, de livrets, des albums photographiques. Je vais enfin tout savoir sur la grotte, ça y est. Il revient vers nous avec sa petite danse, il me tend une photocopie et il dit :

— J'ai été arrêté en 42, j'étais au camp de Drancy, moi. J'ai eu la chance d'être libéré, autrement je serais mort à Auschwitz.

Sur le papier je lis un numéro : 20.729.
Nom : Coencas
Prénom : Simon

Date de naissance : 28-1-27
Lieu : Saint-Denis
Nationalité : Française
Profession : /
INTERNÉ DRANCY 19.10.42
LIBÉRÉ LE 20.11.42

Simon a découvert la « chapelle Sixtine de la préhistoire » le 14 septembre 1940. Puis, à peine deux ans plus tard, en novembre 1942, il est interné à Drancy. Je ne sais plus quoi dire. Comment dans une même existence peut-on être considéré à treize ans comme un héros planétaire, et à quinze comme quelqu'un qu'on doit supprimer ?

— Et vous savez pourquoi j'ai été libéré ?
— Non, je réponds.
— Les nazis, lorsqu'ils emmenaient les familles entières avec les enfants, vous voyez un peu dans un camp ce que ça pouvait donner, un mouroir avec des enfants qui pleurent, qui jouent… Ils ont téléphoné à Paris en disant : « N'envoyez plus d'enfants. N'envoyez plus d'enfants de moins de seize ans. » Les enfants de moins de seize ans ayant une famille en France étaient libérables et moi je suis sorti.
— Vous aviez quel âge ?
— Quinze ans et onze mois.

Un long silence. J'ai envie de pleurer pour deux raisons valables. La première c'est qu'il a été interné dans ce camp, et la seconde c'est qu'il a pu s'en sortir. Je suis balayée par l'émotion.

— On ne peut pas s'imaginer…

— Non, je lui réponds.

— C'était l'hiver… C'était déjà le commencement de l'hiver. Je me rappelle qu'on se lavait dehors dans des bacs en fer. Mais il y a beaucoup de souvenirs qui m'échappent de Drancy.

— Tant mieux.

On se regarde, et on se sourit. Un téléphone portable se met à sonner. Simon se lève pour aller le chercher, il me le tend :

— Vous pouvez me dire ce qu'il y a d'écrit ? C'est quoi ? Un texto ? La messagerie ?

Il me croit douée pour ces choses-là, or je suis tout à fait le genre de personne qui n'y comprend rien. Je suis flattée qu'il croie déjà en moi d'une certaine manière.

— C'est la messagerie.

— Bon.

Il s'en fout. On laisse le silence s'inviter à nouveau dans la pièce.

— Drancy, y a des fois, je me demande, je dis tiens, je ne me rappelle même pas, non. Ce que je me rappelle, c'est que ma mère à cette époque-là, la nourriture c'était des tickets, elle m'envoyait beaucoup d'olives. Elle m'envoyait des olives sans arrêt.

On se sourit encore, ici on sourit plus que de raison entre nous.

— C'est bien quand on parle, parce que ça sort.

Il a accroché mon cœur. Les bras du temps creusent en moi un chemin souterrain. Ça tape, ça cogne, ça se crée. Le Chaos primordial. Ce qui compte c'est lui, Simon, la beauté de cet homme, de ses mains, du trou dans sa gorge où il appuie pour parler. Une cavité.

Il ne faut pas croire, ce n'est pas une chose facile de recevoir une histoire, même si on est là pour ça.

Quand je quitte l'appartement de Gisèle et Simon, sur le palier, il me dit « la grotte elle est là » en me désignant son crâne, « elle est dans ma tête ».

Dans l'ascenseur, je prends conscience que je viens de rencontrer une autre grotte. La grotte intérieure d'un petit garçon de quatre-vingt-onze piges qui vient de se rouvrir. Je ne sais toujours pas pourquoi Lascaux m'a emmenée vers une autre cavité, mais au fond c'est cette découverte-là que j'attendais. La vie de Simon Coencas sur une paroi, que j'allais calquer comme l'avaient fait avant moi les préhistoriens avec les dessins de Lascaux.

Le dernier inventeur

C'est l'histoire d'un homme entré dans l'Histoire car il a découvert une grotte à treize ans et des poussières et que la même Histoire a voulu anéantir. Réduire en poussière. Aujourd'hui, c'est le dernier de ces quatre copains de Montignac encore en vie.

Le dernier inventeur, Simon.

2.

Je suis l'enfance de l'art, comme le sont toutes les grottes ornées. Nous sommes sa représentation onirique et symbolique. Platon, avec l'allégorie de la caverne, le savait déjà : « Figure-toi des hommes dans une demeure souterraine, en forme de caverne, ayant sur toute sa largeur une entrée ouverte à la lumière ; ces hommes sont là depuis leur enfance. » Je suis l'enfance de ces hommes et je suis la vôtre.

J'ai envie de tout savoir sur Simon. Il y a des choses dans les livres et bien entendu sur Internet, il y a même un film, *Les Enfants de Lascaux*. Mais à l'époque (1990), Simon n'avait pas voulu faire apparaître son vrai nom, alors dans le script il y a Jacques, Marcel, Georges (joué par Benoît Magimel), et… Victor.

Quand je suis rentrée chez moi après ma première visite, j'étais en feu. L'écrivain que je suis, bien entendu, mais c'était autre chose aussi, la rencontre m'avait bouleversée.

Cet homme est un héros de roman vivant. Deux moments de sa vie avaient été deux grands moments de l'humanité. Je me devais de recueillir sa mythologie personnelle et d'en faire une frise, poser des images sur ses paroles. J'avais trouvé mon livre, il serait le sien.

Mais avant tout, avant de connaître sa vie, il fallait que je lui parle de quelque chose. Je devais être sûre. Et d'une certaine manière cette question changerait notre relation à tout jamais. Connaissait-il l'existence de la première découvreuse (María, pour ne pas la nommer) ?

— Simon, vous saviez que c'est une gamine qui a découvert les premiers dessins rupestres ?

— Non. Je l'ai peut-être su, mais je m'en souviens plus.

— María, elle avait huit ans. Au XIXe siècle. Son père, c'était un archéologue amateur, et il n'avait même pas vu les dessins au plafond de la grotte.

— C'est fou !

— Complètement. Il a fallu qu'elle les lui montre pour qu'il les voie.

Il réfléchit, et retourne à Lascaux quelques secondes. Invocation. Il passe dans l'abside, regarde les taureaux gigantesques, parcourt la nef, caresse des félins dans le diverticule. Moi, pendant ce temps, je sors des preuves. J'ai trois photographies. Un cheval à tête minuscule de la grotte de Pech-Merle qui date de 29 000 ans, découvert par de jeunes bergers ; un bison de la grotte d'Altamira, âgé de 15 000 ans et découvert par qui vous savez (cette petite crapule de María) ; et la vache qui saute de Lascaux qui a 17 000 ans. Je place les images sur la table devant Simon. Il les regarde attentivement.

— Pourquoi croyez-vous que ce sont des mômes, comme vous, qui ont découvert ces grottes ornées ? je lui demande.

— Parce qu'on a l'œil ! Parce qu'on est malins, il me répond.

Ce que j'aime, c'est qu'il parle au présent (émerveillement).

— Est-ce que l'enfance sait tout, Simon ?

— Oui, enfin, elle sait beaucoup de choses.

Grotte d'Altamira, Espagne, 1879

L'enfance sait tout. L'homme est à l'entrée de la caverne. Il sort un petit carnet et relit les notes qu'il avait prises lors de son premier passage. Il les lit à voix basse. María, elle, s'ennuie. Elle a huit ans et se trouve coincée sur ce rocher, un dimanche après-midi tranquille, et regarde son père marmonner. On dirait qu'il prie. La gamine, dégoûtée, défaite d'avoir été embarquée ici alors que le soleil se pointe, une injustice terrible. L'enfance sait aussi ça. Du coup, à défaut d'être ailleurs, elle voudrait rentrer dans le trou noir qui la guette, la grotte. L'enfance ou la gamine ? Les deux. S'engouffrer, s'y protéger, la rencontrer. Vivre une solitude inexpérimentée. Y pénétrer comme Ulysse dans l'antre du Cyclope. Y a quoi là-dedans ? Elle trépigne, alors il la retient par le col de son manteau d'une main et elle fait des petits pas dans le vide.

— Attends, María, bon Dieu, je dois d'abord relire mes fiches.

— Tu ne pouvais pas le faire avant ?

María savoure cet instant, le plus beau de sa vie, avant celui qui va se produire. Pour une fois ce n'est pas elle qu'on réprimande au sujet de ses devoirs qu'elle aurait toujours dû faire « avant ». Le père a la mâchoire qui tombe presque, l'insolente vérité de sa fillette a un goût amer.

— Tu la connais cette grotte, papa ?

— Oui, très bien, je l'ai explorée il y a quatre ans.

— Alors pourquoi tu y reviens ?

L'archéologue est désarmé, n'a rien à répondre, et replonge le nez dans ses écrits. Et elle, elle est là comme un chien qu'on tient par un collier. Elle enlève discrètement son manteau, et s'invite dans la cavité. Avant, on lisait l'avenir dans le creuset des roches. Que va-t-elle lire de son destin à l'intérieur de celle-ci ? Le père se rend compte qu'il n'y a plus personne au bout de ses doigts, et regarde le manteau de l'enfant qu'il tient comme la mue fantomatique de sa fillette. Il pénètre dans le souterrain en hurlant :

— Maríaaaa !!!

Elle est là à quelques mètres, arrêtée, tête en l'air. Les yeux scotchés au plafond. Il lève la tête.

— Mais qu'est-ce que tu as ? Qu'est-ce que tu regardes ?

— Regarde... des taureaux, papa !

Elle continue :

— C'est bien ça que tu viens voir ici, les dessins de taureaux ?

Et elle les montre du doigt.

Il s'approche, mais ne voit rien. Il sort une bougie de sa poche et l'allume. D'un coup, il a retrouvé ses yeux d'enfant. Superposition. Des taureaux peints, majestueux, magnifiques. La main du temps était là. D'autres hommes étaient là. Il fallait le regard franc de l'enfance, avoir huit ans, pour piger ça. La découverte d'une grotte ornée. Il se met à trembler, songe à des sculptures gravées datant du paléolithique qu'il a vues l'année passée à l'Exposition universelle de Paris. Ce n'est pas possible. Il y a 20 000 ans, des hommes des cavernes étaient exactement où ils se trouvent et ils ont dessiné, ils ont inventé l'art, ici, là, dans cette faille de la terre. Et dans le monde entier et souterrain, deux personnes détiennent un secret : María et son père, don Marcelino Sanz de Sautuola. Il se met à pleurer complètement, le corps est emporté par la découverte. Éboulement. La beauté nue, offerte, le chant des siècles. María dit :

— Je t'en ferai plein, des taureaux, et des mieux.

L'enfance sait tout.

3.

Les Magdaléniens étaient des hommes très sophistiqués en tout, pas seulement dans les dessins qu'ils ont peints sur moi. Ils portaient des parures magnifiques. Ils savaient coudre et utilisaient des tendons de cerfs pour faire tenir les peaux entre elles. Ils confectionnaient des vêtements fabriqués avec des plumes, des coquillages et de petits bouts d'os, comme vous, les grandes maisons de couture.

Dès que je dois me rendre chez Simon et Gisèle, je suis transportée. Je prends mon train, j'arrive à Paris, je marche jusque chez eux, le cœur battant. Je leur apporte des petits cadeaux absolument ridicules, ça va des fleurs aux confiseries, et ils sont toujours ravis. Je ne sais pas si avant eux, j'avais vu un couple d'humains aussi heureux. Il faudrait peut-être les exposer dans un musée ? Ils font partie de ces gens qui entrent en douce dans vos sentiments. Ils créent un choc amoureux (auquel je crois peu, finalement) ou plutôt un choc maïeutique (auquel je crois totalement). Se laisser naître avec un autre, par l'autre. Pour naître ensemble. Très vite, ça a été comme ça, avec eux.

Cette fois-là, ils m'ont sorti des albums photographiques, je tourne les pages de photos de famille, et il y a plein d'enfants. Gamins dans des arbres, dans des jardins à l'heure du goûter, à table. Je dis :

— Vous avez eu une belle enfance, en fait ?

— Oui, une belle enfance, répond Simon. On ne manquait de rien. Mon père un peu avant 1914 a monté son affaire de prêt-à-porter, aux Champs-Élysées, le magasin où il y avait le Lido, au 78, avenue des Champs-Élysées. Au quatrième étage, il y avait l'appartement, parce que, comme il avait des boutiques partout, fallait qu'il reste à Paris pour s'en occuper. Des vêtements que pour femmes. À Opéra, ou rue Saint-Denis. Quand ils sont venus, ils n'avaient pas un sou, mon père cousait des robes, il les coupait, les cousait, il a tout fait, il a appris son métier de tailleur et confectionneur comme ça.

Paris, boutique Au chic parisien, janvier 1937

Devant la boutique des Champs, les femmes se retournent sans arrêt. Quand dans la rue elles sont plusieurs, on dirait un ballet.

ENTRÉE LIBRE, RABAIS CONSIDÉRABLES, RÉCLAME 199 FRANCS

Elles rêvent et s'arrêtent devant la vitrine, regardent les mannequins, avec l'envie de leur arracher leurs tenues. C'est comme ça qu'une mère s'est arrêtée à vélo, devant un tailleur rose qui lui faisait de l'œil. Elle descend de sa bicyclette et la pose devant la porte d'entrée. Dessus, accrochée au guidon, enfoncée dans un siège en bois, une gamine, peut-être un an, un an et demi. La femme ouvre la porte et dit :

— Bonjour monsieur, le tailleur rose en vitrine est à combien ?

Simon a dix ans, il est caché, à genoux, sous les portants des robes. Il scrute avec une grande admiration la bordure des pieds de la femme campés dans des chaussures vernies à talons. Jolis, et potelés juste ce qu'il faut. Il écarte les tissus pour la voir entièrement. Chapeau, cheveux blonds et longs, manteau prune. Michel Coencas, le paternel, lui annonce le prix, elle veut l'essayer tout de suite. Attraction. Simon se rapproche en rampant de la cabine d'essayage. Le père sait y faire, chef d'orchestre de la mélodie commerciale, il sait même prédire l'avenir :

— Ça va vous aller comme à personne, c'est certain, ma tête à couper.

Simon imagine son père sans tête, il va bien falloir qu'elle aime sa tenue…

— Je vais même vous donner celui du mannequin, c'est votre taille, c'est le dernier, un modèle unique pratiquement… vous êtes vraiment chanceuse !

— Non, p'a, on en a d'autres dans la remise, dit une petite voix.

— Simon ! qu'est-ce que je t'ai dit ? Tu es où ?!

Le père se baisse pour le chercher et balaye les habits avec ses mains. Les cintres cliquettent. Mais

Simon s'est déjà barré à l'autre bout du magasin sous les jupons en flanelle. La cliente ressort, et lance des regards rapides vers la porte, l'enfant est toujours là, elle attend sagement, à quelques mètres. Elle s'ennuie ferme et rêvasse. La mère, elle, se reluque dans un miroir de plain-pied.

— Voyez, je vous l'avais dit, il est pour vous.

Le père de Simon porte un mètre de couturier autour du cou et, discrètement, passe un foulard fuchsia sur l'épaule de sa cliente.

— Ça pour de vrai papa, c'est le dernier foulard, tu peux lui dire ! hurle Simon.

Le père lève les yeux au ciel, désemparé. Et tout à coup, un bruit métallique. Le vélo est tombé, et l'enfant pleure intégralement. C'est là que Simon a entendu le cri d'une mère. Un hurlement opaque, aigu et neuf. Quelque chose qui venait d'ailleurs, mais il ne savait pas d'où. Peut-être que ça venait de la nuit. Il sort de sa cachette. Son père a ramassé l'enfant qui a juste une petite bosse sur le front, bien ronde. Mais ce cri qu'elle a poussé, celui du désastre, ce son presque animal, il est entré en lui pour ne jamais en ressortir.

4.

La préhistoire signifie ce qui s'est passé avant les traces écrites. On entre dans l'histoire à la naissance de l'écriture. Est-ce que mes dessins sont un récit ? un mythe ? des fables avec des animaux, avant celles de La Fontaine ? Mes signes gravés partout sont-ils des sortes de lettres ? Personne ne le sait, sauf moi.

On se voit toujours chez eux. J'aimerais les faire venir chez moi mais ils sont trop âgés pour entreprendre un voyage. J'avais aussi proposé à Simon que nous allions à Lascaux ensemble, car il s'y rend chaque année pour l'anniversaire de la découverte de la grotte, mais cette fois il est trop fatigué, il m'a dit : « Vous l'embrasserez pour moi » et c'est ce que j'ai fait.

Le lieu de notre dialogue, c'est toujours autour de la table du salon. On a nos petites habitudes. Il y a le petit balcon où je vais fumer. C'est un endroit très lumineux, avec de grandes baies vitrées traversantes. À leurs côtés, ils ont une auxiliaire de vie qui s'appelle Ouided. Parfois, c'est elle qui m'ouvre la porte. Elle les materne tous les deux, leur prépare leurs repas, s'occupe de leur vie au quotidien. Elle est quasiment toujours présente lors de mes visites. Quand je les appelle et que c'est elle qui décroche, elle dit : « Madame Coencas, c'est pour vous, c'est l'écrivain ! »

Cette fois-là, je m'attarde dans le salon sur une photographie des parents de Simon. Assis sur une banquette, dans un bar. On dirait La Coupole. Elle porte un chapeau orné d'une fleur et lui, le paternel Coencas, ressemble à Frank Sinatra. Grand sourire, costard flambant. On dirait l'affiche d'un film en noir et blanc, *Autant en emporte le vent*, avec Victorine et Michel Coencas.

— Ils se sont rencontrés où, vos parents, à Paris ?

— Ma mère vivait en Égypte avec ma grand-mère, c'était de la famille si vous voulez, ils se sont envoyé des lettres et des photos, comme ils font les Arabes, c'est la famille, on les marie ! Là ils ont envoyé les photos de ma mère d'Égypte, et mon père ça lui a plu. (Il sourit tendrement.) Il l'a fait venir, après ils habitaient boulevard Barbès dans le XVIIIe arrondissement, ils se sont mariés dans le coin.

— Ces lettres, vous les avez ?

— Oh non ! (Il passe sa main au-dessus de sa tête.) Si vous saviez tout ce qui a disparu pendant la guerre…

— C'est pas grave vous savez, tout se retrouve, j'ai répondu.

Victorine,

J'imagine toujours que lorsque les gens me regardent ils savent que je pense à toi. Tu le sais peut-être mais je suis en partie toi. Tu me continues. Je suis fait de toi. Tu galopes dans ma tête en petite tête brune. Je me sens un autre toi qui laisserait cohabiter chez ce pauvre Michel que je suis sans toi, un peu de toi. C'est aujourd'hui le seul moyen que j'ai pour te faire exister à mes côtés.

Le temps que tu me rejoignes enfin me paraît terriblement long. Je ne tue pas le temps c'est lui qui me tue. Et en me tuant, c'est donc aussi toi qu'il assassine. Mais moi, Ma-demoiselle, je le nargue et je le dompterai quand tu seras ici, à Paris avec moi. Je te le promets.

Tous ces jours qui nous éloignent me rendent fou et amoureux. Je me demande ce que tu regardes, à qui tu parles, quels sont tes gestes. Mes journées sont mornes avec ampleur, je suis dans un monde à la fois clos et merveilleux.

Il est tard, la nuit qui apporte le jour n'est pas loin. Je fume lentement et je cherche des yeux ce que je sais ne pas savoir de toi. Être sans toi, c'est comme me retrouver inlassablement avec moi-même sans m'être donné rendez-vous. Les autres, qui ne sont pas toi, je les déteste. À tel point que je voudrais ne plus être humain. Me débaptiser. Ce qui me chagrine c'est que c'est aussi toi ces autres. Je voudrais qu'ils puissent voir ton sourire sur la dernière photographie que tu m'as envoyée. Dans mon petit cinéma mental, tu rejoues tous les rôles de notre passé que nous n'avons pas encore construit.

Il faut vivre, Victorine, vivre jusqu'au sang, vivre et mourir de vivre. Jeter de la vie par les narines, par les yeux, par le cœur, et tracer un chemin dans cette vie donnée pour une raison qu'on ignorerait presque, si tu n'étais pas sur terre. Bientôt nous serons mariés.

Je ramasse un million de souvenirs que tu ne connais pas de moi et je te les offre, ici là, dans cette lettre. Trouve-les.

Je t'embrasse Ma-demoiselle, ma Victorine.

Michel,

Tu es partout où je suis et tu me précèdes. Je t'imagine enfant en train de courir dans les rues de Paris et de t'égratigner, à raison, les genoux sur les pavés. Je te vois adolescent au bord d'une eau claire, conquérant, regardant l'horizon où j'étais à l'autre bout de la mer et où je t'aimais déjà. Je te vois aujourd'hui, nous sommes mardi, en train d'apprendre ton métier, de tailler des costumes, de prendre des mesures et de te piquer les doigts avec une aiguille. Je suis cette aiguille. Je serai ton amour du monde, je te ferai aimer ces autres que tu dis détester car tout le tien, d'amour, m'adresse sans cesse la parole et hurle. Moi ce que je hais c'est que d'autres aient pu te connaître avant moi, tes amis d'école, des filles, même tes parents. Ils ont tous posé leurs yeux sur toi, avant que je ne le puisse, et ça me rend presque triste. Je suis jalouse de vos rencontres, sans même qu'ils sachent que j'existe, que j'existerai, et que je t'aime. Il n'y a pas une goutte de mon sang qui ne coule sans que tu le veuilles.

Quand je suis seule, et ce n'est pas souvent, grand-mère et mes sœurs sont tout le temps sur mon dos, je suis en prière avec toi. Je te donnerais mes rêves si je le pouvais. Mon Michel adoré, je dis ton prénom quand je suis dans ma chambre le soir. Comme ça, je deviens folle et forte. Je l'entends en même temps que je le vois. MICHEL. Quand je le dis, ce prénom-là, ce n'est pas ma bouche qui articule, c'est mon cœur. C'est Michel. Le seul mot qui soit valable, le seul qui contienne et qui soit tout mon amour, c'est Michel. Mais il me faudrait d'autres mots pour que tu puisses le comprendre exactement. Que je t'explique clairement le mot : Michel. Mon cœur. Michel.

J'ai déjà préparé mes affaires pour le voyage vers la France, ce n'est pas une mince affaire, je voudrais être plus belle que prévu, avec des tenues qui te piqueront comme une aiguille. Tu me feras des robes avec le tissu de ta peau ?

Je t'embrasse çà et là.

Ta Victorine.

5.

Je suis restée accessible très peu de temps lors du paléolithique, le temps d'une génération humaine. On m'a peinte, puis une masse sablo-argileuse m'a ensevelie et ensuite de la calcite m'a scellée, comme une malle qu'on referme jusqu'au 14 septembre 1940.

— Qui vous étiez, à treize ans et demi ? Vous étiez un garçon comment ?

— Si vous voulez, j'étais calme. J'aimais bien faire des bricoles.

— Vous aviez une passion ?

— Les voitures de mon père, déjà elles m'excitaient. L'une faisait sept mètres de long, elle était blanche. Elle avait été modifiée avec un moteur d'Hispano.

Gisèle prend la parole :

— C'est pas compliqué, mon mari quand il rêve, c'est de garages et de voitures !

— Est-ce que vous vous souvenez d'un jouet, un objet que vous aimiez profondément à treize ans, avant de partir pour Montignac, par exemple ?

— J'avais un jouet en fer, c'était en ferraille, un avion, vous savez les jouets dans le temps étaient en ferraille, mais quand même, j'en avais un autre qui n'était pas vraiment un jouet, je l'aimais beaucoup.

(Il s'arrête, puis reprend.) Toujours en rapport avec les voitures, dans la maison de ma grand-mère il y avait une malle avec un couvercle en bois.

— Cette malle est restée à Paris quand vous êtes partis à Montignac ?

— Oui. On pouvait s'asseoir dessus, et dedans y avait des casseroles et des couvercles.

— Et vous faisiez de la voiture avec ?

— Oui.

Il bondit de sa chaise et me fait signe de le suivre, j'obéis sans poser de questions. Nous empruntons un petit couloir, où des portraits peints de ses parents nous regardent. Au bout nous nous retrouvons devant une porte blanche. Il appuie sur son pansement.

— Vous voulez voir ?

— Sûrement ! C'est mieux que Lascaux derrière cette porte, j'espère ? !

Il rit, fait un signe qui signifie : entre les deux.

Le banc-malle-bagnole de la grand-mère est là, taillé dans un bois sombre et robuste. Le genre de meuble qu'on prie pour ne pas avoir à le déplacer ou le déménager. Un coffre à lumbago ou à hernie. On peut s'asseoir et l'ouvrir. Les deux en même temps, ce n'est pas conseillé. Il porte des accrocs et des traces du temps. Je pense au mot « doucissement » qui désigne les traces d'usure sur des éclats de silex qui ont été utilisés pour les gravures de Lascaux.

Israël, janvier 2003

Ilan Ramon était à son bureau en train de trifouiller dans une petite malle. C'était une sorte de cantine en fer d'une vingtaine de centimètres de longueur et de vingt centimètres de largeur, sur laquelle était gravé MISSION STS-107. Elle constituerait son seul lien avec la vie terrestre lors de son voyage dans l'espace. À l'intérieur, des photographies de sa famille et des lettres. Ilan devait partir dans quelques jours, il serait le premier astronaute israélien. Il faisait partie de l'équipage de la navette spatiale *Columbia.* Ce n'était pas un rêve de gosse qu'il accomplissait, il avait simplement senti en lui les capacités nécessaires pour devenir astronaute, et puis il est vrai que ses bons et loyaux services dans l'armée de l'air lui avaient pavé le chemin. Mais ce qu'il pensait au fond c'est que c'était sans doute le rêve d'un *autre* gosse. Et emporter le rêve de quelqu'un d'autre avec lui dans le ciel, par-delà la voûte terrestre, entre les étoiles, ça, c'était bien plus puissant que d'être astronaute.

Ilan, toujours devant sa microscopique malle, regarde une photo de sa mère, survivante du camp d'Auschwitz, ce dont elle n'avait jamais dit mot. Dans la famille, on le savait, voilà tout, et puis après ? Connaître précisément ce qu'elle avait enduré aurait sans doute été de trop. Et le fait d'en parler n'aurait jamais suffi pour vraiment comprendre.

Ilan, du coup, était allé à Jérusalem se rendre au musée Yad Vashem, où l'on peut consulter de nombreux documents sur la Shoah. Et c'est là, dans une vitrine, seulement quelques jours avant de quitter la Terre, qu'il vit un dessin intitulé *Paysage lunaire*, signé Petr Ginz. Un garçon mort à Auschwitz à l'âge de seize ans.

C'était un dessin au crayon. Le jeune dessinateur s'était imaginé la Terre vue de la Lune. Ilan a tout de suite compris que le rêve de Petr devait absolument faire partie de l'expédition, *c'est ce rêve-là que je veux avec moi*, s'était-il dit. Alors, il s'est mis à courir dans tous les sens dans le musée, il a trouvé une gardienne à moitié endormie sur une chaise, qui l'a pris pour un fou :

— Vous partez dans l'espace dans quelques jours, vous voulez y emporter un rêve avec vous, c'est bien ça que vous me dites, et vous voulez embarquer la vitrine ?

— Non, je veux juste un dessin, celui d'un petit garçon là-bas. À qui dois-je m'adresser ? Vous pouvez joindre le conservateur ?

Après quelques heures à chercher la bonne personne, il réussit enfin à rencontrer le directeur, qui voulut bien lui prêter *Paysage lunaire*, et qui lui dit « finalement cette œuvre va retourner là où elle a été réalisée ».

C'est pour cela qu'il est là maintenant devant sa boîte, et qu'il y dépose le dessin.

Le 1er février 2003, après seize jours, vingt-deux heures et vingt minutes de vol, la navette *Columbia* se désintégra lors de la phase de rentrée atmosphérique. Ilan Ramon et les six autres membres de l'équipage perdirent la vie, mais le dessin du jeune Petr commença la sienne.

6.

Bien sûr que j'ai aimé, que j'aime, mes quatre garçons. Je ne fais aucune différence entre eux. Il est vrai que Marcel et Jacques sont restés avec moi plus longtemps en devenant mes guides. Ils avaient du mal à quitter le nid. Surtout Jacques.

Si Simon s'est retrouvé à Montignac où la grotte de Lascaux l'attendait, c'est que le Périgord était une zone libre pendant la guerre. En visitant le village avec mon père, j'ai retrouvé sa maison, ce qui n'était pas très difficile, car il y a une plaque et une photographie du jeune Simon. Dessus il est écrit :

Simon Coencas, né en 1927, est l'un des quatre inventeurs de la grotte de Lascaux. En septembre 1940, originaire de Paris, il était réfugié à Montignac depuis plusieurs mois et logeait avec sa famille dans cette bâtisse. Le jeudi 12 septembre 1940 en compagnie de Georges Agniel et Jacques Marsal, il rencontre Marcel Ravidat au pied de la colline de Lascaux. Tous les quatre font, ce jour-là, la plus belle découverte de la préhistoire[1].

1. Dommage pour toi, María…

— La maison où on était réfugiés, ma mère, mes frères et ma grand-mère, ça s'appelait et ça s'appelle encore la maison du Chêne. La fenêtre de la chambre de Jacques était pile en face de la mienne. Alors on se parlait et tout... Quand il partait, je partais avec lui, j'étais toujours avec lui. Même si y avait d'autres personnes, c'était moi et lui.

— Vous étiez dans la même classe ?

— Je ne me rappelle plus...

— Dans la même école ?

— Ça, oui.

— Jacques avait l'accent du Midi, il plaisait à tout le monde, dit Gisèle en souriant.

— Vous l'avez connu ? j'ai demandé.

— Bien sûr que je l'ai connu, ils sont restés amis, moi j'étais la pièce rapportée après Lascaux ! Quand, dans les années soixante, il y a eu les inondations à Montignac où il vivait avec sa femme et ses enfants, ils sont venus chez nous.

Simon rêvasse. Il appuie sur sa gorge :

— Il aimait la grotte comme personne l'a aimée...

— Ah ça oui, continue Gisèle, quand elle est tombée malade, il était malade avec elle...

— Simon, je demande, de toute votre vie, vous n'avez jamais eu un meilleur copain que Jacques ?

— Ah oui, oui, oui. J'avais treize ans et demi et j'étais toujours avec lui ! Pourtant j'avais un autre copain, Georges, qui a découvert Lascaux avec nous, mais ça n'avait rien à voir. Moi, c'était Jacques Marsal, c'était mon idole. Pour moi, il sortait du lot.

— Pourquoi un coup de foudre avec Jacques ? Pourquoi lui ?

— Parce qu'il habitait en face de chez moi. Ensemble, on était bien. Vous savez, y a des sympathies qui se font.

— Lascaux, ça vous a rapprochés, du coup ?

— Pas spécialement. Parce qu'avant de découvrir Lascaux, j'étais déjà avec lui.

Montignac, janvier 1940

En fait, au départ, Jacques ne pouvait pas supporter Simon. Les Parisiens qui avaient emménagé en face de chez lui semblaient louches. La mère, avec ses fourrures autour du cou, les nombreuses valises qu'ils avaient apportées, en voiture s'il vous plaît, tout ça c'était trop pour lui. Jacques, c'était un gamin de bistrot, sa mère tenait le bar du village, il se couchait tard et chaque soir il écoutait les égarements des clients qui buvaient trop. Ça parlait guerre, femmes, mariages foirés, chasses mauvaises ou bonnes, il était surpeuplé de récits, le môme. « Franchement, gamin, ne grandis jamais, c'est que des emmerdes. Te marie pas, va, regarde sa mère d'abord… » Mais de tous les poivrots, c'était le médecin qui lui plaisait le plus. Jacques savait que l'alcool pouvait être triste, mauvais, mais lui, le doc, avait l'alcool encyclopédique.

— Tu sais ce que c'est une péritonite, Jacques ?

— Non.

— Ben tant mieux.

Et tous les jours, Jacques, en sa compagnie, apprenait de nouveaux mots, sans jamais savoir ce que ça voulait dire. Mais c'était des mots extra parce qu'ils sonnaient bizarres et que les mecs de son âge, quatorze ans, ne les disaient jamais. Il en avait fait des insultes inoubliables dans la cour, « espèce de prostate », « angine de poitrine que tu es, va ! », « ta famille et toi vous êtes de belles fistules, tiens ! ». C'est comme ça qu'il s'en servait quotidiennement pour se foutre de ses camarades et se faire le maître d'un langage imagé inégalable. Et pour le Parisien, le nouveau, il en avait une bonne à sortir : « toi et tes parents vous êtes, *ni plus ni moins* » – en insistant bien sur le « ni plus ni moins » – « que des toux sèches et grasses en même temps et sans précédent ».

Enthousiasmé par cette trouvaille, dans la cour de l'école, il s'est approché de Simon, le voisin riche, venant de Paname, celui qui ne ressemblait pas aux autres mômes, le détesté, celui pour qui devant son miroir, ce matin encore, il répétait son texte avec son accent chantant. Simon, assis par terre sous un châtaignier, était en train de lire *Tintin* et *Les Pieds nickelés* en même temps, ce qui était une idée prodigieuse, cela va sans dire. Jacques s'est avancé, Simon a relevé la tête vers lui. Ça va être grand, la phrase elle va le découper le rupin, il va plus savoir où se mettre, ça va le sécher net. Mais, sans même qu'il s'en aperçoive, la phrase qui est sortie de sa bouche a été :

— Elles sont chouettes, tes BD.

— Oui, je mélange les deux en les lisant, c'est plus drôle. Tu veux les regarder ?

Jacques eut une quinte de toux. Était-elle sèche ou grasse, l'histoire ne le dit pas, mais le nouveau, seul dans la cour, absorbé par ses livres d'images, lui avait coupé la chique. Pire encore, Jacques venait de s'asseoir à côté de lui et balançait avec douceur des phrases parfaitement amicales :

— Tu sais, j'habite en face de chez toi, ma mère tient le café.

— Oui, je t'ai déjà vu.

Jacques se sentit étrange tout à coup, était-il malade ? Pas une vanne, rien, et ça continuait de plus belle, il demanda à Simon :

— On a qu'à rentrer ensemble ce soir ?

— Oui, si tu veux, avait répondu Simon.

Et pire encore, il avait adoré expliquer le patelin à Simon, sur le chemin du retour.

Le soir, Jacques s'est endormi la tête lovée entre ses bras, sur une table de bistrot en verre froid, épuisé par la maladie imaginaire qui le gagnait.

Le médecin du village fit son entrée et sa voix tonitruante le réveilla tout de suite.

— J'ai accouché la dernière Pastoureau, bon sang, c'était pas une mince affaire. Le gamin avait une tête grosse comme une pastèque, j'ai dû inciser, et j'ai jamais vu un placenta aussi gros, on aurait pu en faire tenir une douzaine dedans. Ah, les femmes Pastoureau c'est quelque chose, on dirait des bunkers, on pourra peut-être s'y cacher si la guerre continue.

Le gamin s'est rué sur lui, discrètement il a remis son béret, et lui a dit :

— Faut que je vous parle discret…

Jacques l'a emmené au fond de la salle, ils se sont assis l'un en face de l'autre, et il lui a expliqué l'affaire. Le doc a bu ses paroles tout en sirotant son whisky. Il lui a pris les mains pendant la conversation, en multipliant les hochements de tête de parfaite compassion.

— Vous croyez que c'est mon placenta qui déconne ? Je sais pas ce que j'ai.

— Jacques, je ne sais pas comment te le dire… Tu n'as rien de médical.

Le gamin s'est levé :

— Ah non ! Je suis désolé, je vous ai pourtant tout expliqué ! J'ai toussé à ses côtés, *Tintin*, le retour de l'école, les mots qui sortent plus de ma bouche… je ne peux plus insulter personne maintenant.

— Ne t'inquiète pas comme ça, calme-toi. Deux choses, Jacques. Premièrement : je crois que tu pourras continuer à insulter les autres…

— Vous croyez ? Vraiment ?

— Oui, ça, je te le garantis, mais sans doute pas lui. Deuxièmement : ce Simon-là, c'est juste qu'il est devenu ton ami.

Jacques s'est mis à pleurer à chaudes larmes.

— Jacques, tu as une amitié aiguë, je ne peux rien faire pour toi, c'est incurable, voilà.

Le type s'est levé, a commandé un whisky et l'a tendu au môme, détruit par cette nouvelle.

— Bois ça cul sec et va dormir, demain ça ira mieux. Ce gamin, il est bon pour toi, prends-le comme un médicament.

— Vous en êtes sûr ?

— On a tous une amitié aiguë, et on n'en meurt jamais, on en vit plutôt, allez, va te coucher, fiston.

— C'est pas mon placenta, c'est sûr ?

— Certain.

7.

Quand on pense à moi, on imagine toujours mes dessins. Mes chevaux colorés, mes vaches et mes aurochs gigantesques, mais j'ai aussi révélé d'autres merveilles, sur mon sol. Des pinceaux, des grattoirs, une lampe, des palettes, des coquillages, énormément de choses. Une corde même, faite de fibres végétales.

J'appelle régulièrement Simon au téléphone pour prendre de leurs nouvelles. Parfois entre deux trains je passe les voir juste pour les embrasser, je leur dis : « Je peux venir vous embrasser ? » et Gisèle répond : « Vous êtes la bienvenue, toujours ». Dans ces moments, je n'enregistre pas nos conversations, c'est seulement nous. Et puis depuis notre première rencontre, j'ai beaucoup d'enregistrements. Quand je reçois un texto indiquant que mon taxi est arrivé en bas de leur immeuble, je sais que je vais partir avec la sensation d'avoir pris le soleil.

Un jour, j'appelle et Gisèle m'annonce que Simon a dû être hospitalisé. Un problème de cœur. Il est à Pompidou. Je lui demande si je peux aller le voir, elle me répond que oui. Dans le bus pour m'y rendre, j'écoute mon enregistreur :

— À Montignac même, y avait un endroit où y avait des arbres qui étaient coupés pour faire du bois à brûler, y avait des appartements, des maisons, et nous, avec Jacques, dans le temps c'était « tac, tac » (il avait fait un geste de ses mains) : on accrochait une corde à un heurtoir de fer, on se cachait derrière les arbres au loin, et on tirait dessus, ça toquait, puis on attendait. La voisine Pastoureau sortait, et personne ! Et on recommençait, on tirait. Elle était enceinte la pauvre, mais bon...

Comme pour s'excuser, il avait ajouté :

— Y avait pas de distractions à cette époque-là.

À l'accueil de l'hôpital, on me donne le numéro de sa chambre. Je monte en cardiologie, j'avise une infirmière et lui demande où se trouve monsieur Coencas. Je suis un peu paniquée. Je crois qu'elle pense que je suis de sa famille, parce qu'au fond, qui d'autre pourrais-je être ? Je me demande tout à coup qui je suis, l'écrivain comme le dit Ouided ? Sa biographe ? Son amie ? Peut-être suis-je tout ça en même temps. J'arrive devant sa chambre, j'ouvre la porte, il est assis dans un fauteuil devant la fenêtre et il regarde le ciel. J'ai envie de pleurer, alors que lui, il est paisible, il m'adresse un large sourire en me voyant. Il n'a pas son pansement sur sa trachéo et il ne porte pas ses appareils auditifs. Je sors demander à une autre infirmière si c'est normal qu'il ne puisse pas communiquer, ni même entendre quoi que ce soit. « Personne ne trouve ses oreilles, répond-elle. Pourtant, il les avait en arrivant. » Nous allons toutes les deux fouiller dans son lit et derrière l'oreiller, miracle, « ses oreilles », comme elle les a appelées, sont là. « Et un pansement sur sa gorge, c'est possible ? » Elle m'assure qu'elle va le faire et sort de la chambre. J'ai quand même un petit peu envie de hurler. Et, au risque de me mettre le corps médical à dos, tant pis, je me lance, comment est-il possible qu'on laisse un petit vieux juste assis comme ça devant une fenêtre sans aucun moyen de faire quoi que ce soit ? Et j'ai envie de hurler en plus de ça : « Savez-vous qui est cet homme ??? Il a découvert Lascaux ! » ce qui est absolument idiot de ma part. L'homme de Lascaux qui regarde les oiseaux allait bien, voilà, il était en pleine contemplation et tout ça en pyjama.

— Simon, est-ce que vous m'entendez, là ?

Il fait oui de la tête en souriant.

— Je peux vous lire un chapitre du livre ? vous voulez ? C'est Jacques et vous à Montignac, je vous ai imaginés.

Montignac, mars 1940

Jacques et Simon, ils ont toujours voulu faire mentir l'enfance. La prendre par le col, la molester, la faire briller comme une étoile pour la recracher dans le ciel. Elle leur collait à la peau, on ne pouvait rien y faire, Simon avait treize ans, Jacques quatorze, et ils voulaient balafrer l'enfance à toute blinde, pour grandir vite et bien. Qu'elle se tire et qu'ils soient des « presque adultes ». Mais c'est des choses qu'on ne choisit pas, l'enfance elle partira un jour. Pour Simon ce sera dans quelques mois, mais là ils étaient juste des mômes en vacances. Et dans le village, ils emmerdaient les adultes. Sans compter qu'il y avait ce problème à régler, les filles Pastoureau, avec leurs bunkers intérieurs, Jacques était miné par cette histoire. Il imaginait que, sur le ventre, elles avaient toutes une trappe par laquelle on pouvait descendre à l'intérieur et les visiter.

— Mais t'es complètement fou, ma parole.

— Je te dis que le médecin l'a dit et un médecin ça dit pas des conneries.

— Pourquoi ça en dirait pas ? a répondu Simon.

— Parce que c'est comme ça. Bon. Qu'est-ce qu'il fait, Georges ?

— J'sais pas, peut-être qu'il est puni ?

— Bon Dieu, il peut pas arrêter d'être puni ce type !

Georges Agniel, futur découvreur, et écolier lui aussi, était régulièrement au piquet. Insolent sans même le faire exprès, il savait tout sur tout. Une mémoire d'éléphant dans un corps de porcelaine. Il passait son temps à lever la main en cours parce qu'il connaissait les réponses. Le genre de mioche pénible. Donc inlassablement, chez lui ou à l'école, il était en retenue. Il avait ce qu'on n'appelait pas encore à l'époque une hypermnésie, une mémoire totale, tout ce qu'il entendait ou voyait, il le retenait. À cause de ce don, il passait son temps à ne pas aller en récréation, toujours à recopier diverses phrases. *Je ne dois pas répondre aux questions du professeur avant même qu'il les ait posées* en était un exemple parmi d'autres. Alors les vacances pour lui, c'étaient des récrés géantes, et il partait dans les collines pour vivre enfin des trucs de gosse. C'est comme ça qu'il a rencontré Simon, un jour de printemps. Ils se connaissaient seulement de vue, mais là ils allaient se trouver. Simon se baladait souvent dans les forêts du Périgord, et adorait traîner près d'une maison en ruine. Une carcasse de voiture gisait sur le côté de la vieille bâtisse, dans son plus simple appareil : un châssis, les sièges, une portière posée par terre, et le volant qui tenait sur de la tôle froissée, comme par magie. Pas de toit. Simon se mettait souvent au volant, pour changer, et s'imaginait à ses heures gangster, policier, joueur de poker, ou milliardaire fauché (les jours de pluie seulement). Cet endroit délabré, c'était son coin. Dès qu'il arrivait, il inspectait sa bagnole. L'évolution de la rouille, la fissure sur la portière, il fallait qu'elle soit impeccablement abîmée.

Cette fois-là, il s'est assis au volant et il a eu la sensation étrange que quelqu'un avait conduit. Il en était certain, un autre avait joué ici. Horreur. Et ce quelqu'un, détestable, s'était raconté là, à sa place, comme dans le conte de *Boucle d'or.* Ce conducteur sans scrupules, cette face de rat, était venu et…

— C'est une Rolls-Royce 25/30, 6 cylindres en ligne, un très bon cru !

Georges Agniel était assis côté passager, mais avant de s'y poser, il avait fait le bruit de la portière qu'on ferme, scouhffff.

— Vous la voulez ? Elle est à vendre.

Simon l'a regardé.

— T'es celui qui est tout le temps puni, toi ?

— Non, là je suis Thibault Dorover, vendeur de bagnoles en toc, pour vous servir. Vous savez qu'elle a seulement six millions de kilomètres ? Une aubaine !

Simon s'est mis à rire, un rire franc du collier, un rire que seule l'enfance sait sortir au bon moment et sans prévenir.

— Elle m'intéresse, ouais.

— Vous voulez qu'on fasse un tour ?

Et là, Jacques est arrivé dans un rayon de soleil, en débardeur blanc avec son béret. Une espèce d'apparition. Georges a dit à l'oreille de Simon :

— C'est mon meilleur client, il est peu solvable mais ça m'est égal…

— Vous faites quoi ? Ah, Punition, ta mère te cherche partout.

— Sérieux ?

— Autant qu'une thrombose !

— Une thrombose, c'est un caillot, un « thrombus » si tu préfères, qui obstrue les vaisseaux sanguins.

Voilà le genre d'exemple typiquement georgesque. Jacques a eu envie de l'assommer et Simon d'appuyer sur un bouton pour l'éjecter de la voiture. Mais ils se sont marrés. Jacques est monté à l'arrière.

— On va où ? a demandé Simon.

— Devant chez les Pastoureau, a dit Jacques.

— Ça n'existe pas, je te l'ai dit, des gens qui ont des bunkers à la place du ventre ! On va encore aller frapper chez elles en se planquant ? !

— C'est quoi cette histoire ?

— Jacques a entendu le docteur Antome dire que les femmes Pastoureau avaient de la place dans leur ventre pour une douzaine de personnes, que c'était un bunker pour s'abriter... 'fin bref, un truc du genre.

— Ouais, c'était une métaphore, quoi.

Jacques a regardé Georges avec une grande colère. Une métaphore, c'était quoi ça encore ? Ça sonnait comme une maladie orpheline mais ça avait l'air de ruiner ses projets de rôder devant chez les Pastoureau. Simon a imploré Georges du regard pour éviter qu'il n'achève complètement Jacques avec une définition.

— Allons toquer chez les Pastoureau, c'est bon pour moi. Mais on laisse la bagnole là, elle est en révision. T'façon, vous n'avez pas les moyens de l'acheter, c'est clair.

8.

Cette histoire de trésor je n'y ai jamais vraiment cru moi-même, pour la simple et bonne raison que c'est moi le véritable trésor de Lascaux, soyons un peu sérieux.

— Vous faisiez des cabanes dans la forêt, avec Jacques ?

— On campait, ah ça oui ! Tous les deux, puis parfois avec son cousin, le petit Jeannot. Et bien sûr Georges aussi.

— Vous aviez une tente ?

— On se débrouillait, vous savez ! À cette époque-là, avec une toile, ça suffisait.

— La légende de votre découverte dit qu'à Montignac il y avait un trésor et que vous tous vous le cherchiez, alors ?

— Ah le trésor, c'est différent !

— Vous y pensiez tout le temps ?

— À cette époque-là, on parlait tous du trésor du château.

Les terres de Lascaux sont un roman. Au XIIIe siècle y habitaient les chevaliers de la garnison de Montignac. Puis, au XVIIIe siècle, le garde du corps du roi et chevalier de Saint Louis, qui se prénommait le sieur de Lascaud. Pendant la Terreur, un abbé aurait trouvé refuge dans le manoir, ce même manoir qui appartenait en 1940 au comte et à la comtesse Charles-Emmanuel de la Rochefoucauld-Montbel. Aujourd'hui, depuis 1972, la grotte cachée sous cette terre, le trésor véritable, appartient à l'État français.

On peut dire que tous les enfants qui foulent la terre de cette colline ont cherché à trouver les épées, les boucliers, les armures des chevaliers d'antan et les pièces d'or que des nobles ou des religieux auraient cachés dans des souterrains. Et éventuellement des pierres assez rondes pour ne rien avoir du tout d'extraordinaire.

Montignac, 11 septembre 1940

La nuit vient de tomber. Le feu éclaire la scène. Les trois garçons et le cousin de Jacques, un certain Jeannot, sont dans la Rolls. Quand la mère de Georges a cédé pour qu'il dorme à la belle étoile avec ses amis, elle lui a dit :

— Ne dormez pas sous une tente, car s'il y a le feu, elle prendra rapidement.

— D'accord, pas de tente. Et pas de feu, je suppose ?

— Exact !

— Pas d'alcool.

— Pas d'alcool.

— Oh, je sais pas si je peux te laisser faire ça… Je sais pas si tu es capa…

— Maman, si tu me laisses pas sortir, je vais te réciter le dictionnaire de la lettre A jusqu'à Z et ensuite je ferai l'étymologie de chaque mot en latin, tout ça dans l'ordre que tu souhaites.

— File ! lui avait lancé sa mère.

Lorsqu'ils se sont rejoints sur le terrain où la vieille bagnole les attendait, l'inventaire fut vite vu :

— Alcool ?

— Alcool.

— Cigarettes ?

— Cigarettes.

— Allumettes ?

— Allumettes.

— Couvertures ?

— Ouaips !

— Tente ? !

Pas de réponse.

— Je répète : tente ? !

— Mince, j'ai cru que tu apportais la tienne, je n'ai pas pris la mienne, du coup, a répondu Jacques à Simon.

— Et toi ?

— Je n'ai pas pu, ma mère voulait pas. Mais j'ai une toile, a dit Georges.

— On a qu'à dormir dans la voiture, a dit Jeannot. Jeannot, du haut de ses dix piges, ne disait pas grand-chose de manière générale, mais, quand il l'ouvrait, c'était toujours pertinent. Un môme mi-mignon mi-étrange qui avait une tête si étonnante qu'on aurait dit que l'évolution avait, pour lui, travaillé dans l'urgence. C'est comme ça qu'ils se sont retrouvés emmitouflés dans des couvrantes, toussant leurs premières lattes de cigarettes, et regardant les étoiles à travers un toit de voiture fantôme. Et c'est encore lui, l'étrange Jeannot, sur la plage arrière côté conducteur, qui a balancé cette phrase :

— Est-ce que les cauchemars rêvent ?

Le vent s'est levé net et les branches des arbres ont sifflé. Les mômes ont commencé à avoir la trouille. Ces mots-là avaient comme réveillé la nature dormante.

— D'où tu sors des trucs pareils, c'est de famille ? demanda Simon.

— L'écoutez pas, il dit toujours des trucs pas croyables !

— C'est quand même une sacrée question, a dit Georges.

— Mais c'est personne, les cauchemars, donc ça peut pas rêver, stop. Fin, fini, nada, a grommelé Jacques.

— Et si c'était possible ? a dit Simon. Y a peut-être des gens pour qui les cauchemars sont des rêves.

— Merci Jeannot d'avoir ruiné cette soirée, vraiment merci, a balancé Jacques.

— C'est vrai que ça laisse songeur, continua Georges, ces Allemands-là, y a quand même la guerre, on est en zone libre, d'accord, mais c'est des gens qui pour nous sont des cauchemars mais, pour eux, c'est le rêve de nous piquer la France.

— Bon Dieu, vous me saoulez plus que le vin de noix, a dit Jacques.

Encore un silence.

— Concentrons-nous sur la vente de cette voiture. Jeannot ne connaît pas Thibault Dorover.

— Ma qué bello ragazzo, nice to meet you, yé soui Thibault Dorover, je tiens cé garage et cette voitoure est actouellement en venté.

— Dorover a jamais été italien ! a affirmé Jacques.

— Ni même anglais ? a interrogé Simon.

— Je tente une variante, merci de me laisser faire. Mister John-ot, vous êtes intéressé ?

— Je veux rentrer, vous me faites peur, et puis j'ai peur de la forêt, elle dit des choses.

— Je vais te ramener tout de suite Jeannot, parce que tu nous les brises, mais si on trouve le trésor demain, ce qui va être le cas, eh bien tu n'auras rien de rien !

— Jacques, ramène-moi tout de suite, la nuit c'est comme si elle parlait.

— T'as ruiné ma soirée, on se tire ! Je reviens, les mecs.

Quand ils sont partis, Simon a demandé à Georges :

— Tu l’as entendu aussi ? le sifflement, là ?

— Oui.

— C’était quoi ?

Et pour une fois, Georges n’eut aucune réponse valable à balancer.

9.

J'ai toujours été étonnée par la douceur des hommes. Ils ne m'ont jamais montré aucune violence mais je sais qu'ils en étaient capables déjà à mon époque. J'ai eu vent du massacre de Solutré et des milliers de squelettes de chevaux retrouvés en bas de la roche. Un hectare entier. Les chevaux, effrayés par les hommes, partaient au galop vers le rocher et tombaient dans le vide. Plusieurs siècles de chasses ont été exhumés. Chez moi, tous mes chevaux vont bien, je vous rassure, chacun est à sa place. L'humain se pose beaucoup de questions sur moi et il aura beau chercher, nombreuses resteront sans réponse, mais aujourd'hui je m'en pose aussi sur lui. L'homme moderne ne chasse plus pour vivre, mais son instinct de chasseur, il le retourne contre lui-même.

Pendant cette Seconde Guerre mondiale, l'horreur humaine a tout dépassé. La Shoah par balles à Kiev pour commencer. 33 771 juifs assassinés et jetés dans un ravin. Hommes, femmes, enfants, exécutés en deux jours. Les 29 et 30 septembre 1941. Himmler lui-même y a assisté et, après avoir été éclaboussé de sang, s'est senti « mal ». Il a dit : « Il faudrait trouver une méthode moins primitive. » Or les primitifs dont il parle peut-être sont ceux qui ont créé l'art découvert à Lascaux à peine un an plus tôt. Les primitifs sont ceux qui tuent des milliers de personnes et qui cherchent un moyen encore plus inhumain de continuer à le faire.

Quelques mois plus tôt encore, le 14 juin 1940 à l'aube, les Allemands entrent dans Paris. Des soldats montent sur la tour Eiffel et le drapeau à croix gammée y flotte. Paris est déclaré « ville ouverte », livrée sans combat à l'adversaire.

— Simon, vous ne parliez pas de la guerre, entre vous ? Entre enfants ?

— Un peu, comme ça, mais on ne savait pas ce que ça voulait dire vraiment.

— Vous n'entendiez pas vos parents ou des adultes en parler ?

— Si, mais ça n'avait pas d'importance, ça ne paraissait pas si grave…

— Mais vous étiez réfugiés quand même, vous saviez ce que ça signifiait ?

— Oui et non. On avait quitté Paris, mais on était heureux à Montignac. Au début de la guerre, l'horreur n'était pas arrivée jusqu'à nous, voyez. C'était… je ne sais pas comment vous dire, ça n'existait pas réellement.

— Les mots « nazis », « SS », « Hitler », ça n'était pas des choses que vous aviez encore entendues ?

— Non, rien de tout ça. Moi je me baladais, j'étais un môme, j'étais épargné de tout ça à l'époque. Ces choses-là, c'était encore dans l'ombre. Je savais en revanche que c'était, comment dire… des mauvaises personnes, des « enfoirés de boches », ils disaient, les vieux du village.

Allemagne, 9 septembre 1940

Anna est aryenne en tous points, sans le faire exprès. Yeux bleus, blonde, blanche. Son corps en a amorti, des chocs, mais pour la première fois, elle va rencontrer un nazi de près. C'est sa copine Lizzy qui les fréquente d'habitude et qui lui a raconté. « C'est pas des tendres, mais c'est pas des brutes non plus ! » elle dit, Lizzy. C'est la reine du tiède cette fille, aucun avis tranché sur rien, mais elle sait faire le boulot et c'est une chic fille. Elle parle tout le temps, ne s'arrête jamais, « Lizzy la main droite » on l'appelle. On sait pourquoi. Anna, elle, n'a pas de surnom, elle débute. Qui sait ce qui va lui tomber sur le coin du museau question nom, quand elle sera rodée, la petite. Probablement une lettre en plus dans son prénom, c'est du tout cuit.

Lizzy lui a appris comment faire pour ne pas être dépassée par le job. « Tu penses à un truc qui te plaît. Un truc qui te comble assez pour que tu puisses combler quelqu'un d'autre avec ça. Tu piges ? Tu pars dans un souvenir, t'en fais un refuge, un antidote à ce que t'es en train de fabriquer, et c'est tout. L'autre, il y verra que du feu, alors que toi t'es déjà loin. Ressers-moi un schnaps, Billy. On a soif. » Quand elle dit « on », c'est elle et un autre verre qu'elle ajoute toujours, personne ne sait pourquoi. Anna n'a jamais su où partait Lizzy quand elle se faisait caramboler. C'est des choses qui ne se disent pas. Un souvenir ça peut se voler, personne ne se les dit. Si toutes les filles avaient le même, au bout d'un moment ça ferait trop de monde, faudrait faire la queue, comme au cinéma, pour le revivre. Et lui-même il ne saurait plus, le souvenir, où donner de la tête.

Pour Anna, c'est une partie de chasse en Bavière avec son père. Elle voit souvent de grands oiseaux et son vieux qui leur tire dessus. Et elle qui regarde la scène, horrifiée et fière à la fois. Le soir, quand elle devait le manger, l'oiseau, elle s'en excusait intérieurement auprès de lui. Mais elle aimait le bouffer, avaler le succès de son père. « Tu en reveux, hein ? » il disait. Elle répondait oui, et ça la fait sourire là, tout de suite, avant que le commandant entre dans la pièce où elle l'attend. Soudain, elle a peur de rayer le souvenir, sera-t-il toujours le même à force ? Un jour, elle a aimé un homme, et, à tant faire et refaire son portrait mentalement, son visage s'est effacé comme les inscriptions sur les vieilles pierres tombales.

— Monsieur.

— Appelle-moi mon Reichsführer.

C'était lui, Heinrich Himmler, dont tout le monde parlait, le chef de la SS, petites lunettes rondes, yeux en amande, moustache. Il défait sa ceinture, la regarde à peine. Elle est assise sur une chaise dans son bureau à lui.

— Oui, mon Reichsführer.

— Je viens d'avoir « encore » l'idée du siècle, petite… et toi ? Tu as déjà ressenti ça ? As-tu seulement déjà eu une idée ?

Elle ne répond pas, ne sait pas quoi dire. Il prend son menton entre ses mains et relève son visage, enfin, il la regarde.

— C'est toi Lizzy la main droite ?

— Non monsieur. Mon Reichsführer ! Je suis juste Anna.

— Juste Anna, tu sais ce que c'est mon idée ? Veux-tu la savoir ?

— Oui.

— Faire des juifs des hommes des cavernes.

Elle ne sait pas quoi répondre encore. Ne sait même pas au fond ce que c'est qu'un juif. Il est arrivé sur elle comme un bloc de granit lourd et elle, en dedans, elle a vite fait de tourner les talons, elle est allée chasser en Bavière. Plus tard, cette phrase, il la dira régulièrement pour expliquer « sa pensée ».

10.

J'ai ouvert ma bouche dès que le chien m'a trouvée et j'ai hurlé : Sortez ! Mes boyaux se déploient pour vous expulser ! Animaux, parcourez l'autre monde. Allez, n'ayez crainte. Je suis le geste né de la racine humaine, dans le promontoire calcaire et les paléocanyons, dans le corps des morts de la roche du temps. Soyez les matins primitifs du passé et complétez le triste monde présent.

— Donc y avait ce trésor au château de Lascaux et on était allés se promener dans la forêt. C'est là qu'on est tombés sur un gars qui avait dix-huit ans, il travaillait déjà. C'était Marcel Ravidat, on l'appelait le bagnard parce qu'il ressemblait à Jean Valjean dans un film de l'époque.

— Il était beau ?

— Disons qu'il était imposant, vous voyez.

— Et donc ?

— On lui dit : « On cherche le souterrain du château ! » Il nous explique qu'il y a quelques jours, ici même, il avait son chien avec lui, et son chien a gratté un trou de lapin, un trou, mais il n'est pas descendu. C'était trop étroit, c'est là qu'on a commencé à se dire : ça doit être le souterrain.

— Et c'était Lascaux...

— Oui. Incroyable. Personne n'est entré dans le trou, on pouvait pas, il a fallu revenir avec des outils pour ouvrir, ça a tellement été romancé !

— Ben oui, forcément..., je lui réponds, penaude.

Bois de Lascaux, 12 septembre 1940

Ils étaient tous en train de scruter le sol, et Georges est tombé sur une paire de pieds. C'était ceux de Marcel Ravidat, un apprenti garagiste qu'ils connaissaient de vue. Il était plus âgé qu'eux, avec la gouaille de Gabin, le genre de type de dix-huit ans que tu respectes sinon tu prends son poing dans la figure avec une rapidité comme pas possible. Son chien Robot était en train de farfouiller dans un trou. Un mélange de setter et de terrier, un bâtard tout ce qu'il y a de plus sympathique.

— Robot a trouvé ce trou y a quelques jours, mais impossible de passer dedans.

— Un trou ? ! a dit Simon, le cœur perforé.

— Sûrement le bunker des Pastoureau, hein, Jacques ? a envoyé Georges.

— De quoi ? a demandé Marcel.

— Non, rien, c'est une connerie.

Simon avait les yeux enfoncés dans la faille, il a essayé avec les mains d'enlever la terre, de l'écarter, pour ouvrir sa bouche.

— On a des pioches, a dit Jacques en les sortant de son sac.

— T'appelles ça des pioches ? Moi j'appelle ça des petites cuillères, a dit Marcel.

— J'ai apporté du matos, vous voulez m'aider ?

Les trois copains ne se sont pas fait prier.

— Avant, ici, à la fin du siècle dernier, il y avait des vignes, puis il y a eu une plantation de pins du Nord. Les racines ont déplacé la terre, et des fractures naturelles ont fait travailler le sol. Ce trou il a été vu avant nous, avant la guerre, celle de 14.

— Bon Dieu, Georges, y a des fois, et ce n'est pas souvent, où j'aimerais être toi, a dit Jacques.

— J'ai écouté un paysan parler de ce trou déjà, il y a jeté un âne mort, y a quelques années. J'aurais dû faire le rapprochement avec le trésor, j'suis un sacré idiot.

— Si toi t'es idiot, alors qu'est-ce qu'on est ? a dit Simon.

Tous les trois assis autour du trou, ils regardent l'équipement de Marcel Ravidat, futur inventeur, lui aussi, de la grotte. Il sort de son sac une lampe à pétrole qu'il a confectionnée avec une pompe à graisse Tecalemit piquée à son garage, un énorme coutelas fabriqué avec un ressort de matelas, et une corde. Il est même équipé mentalement, ça fait des jours qu'il y pense et qu'il prépare sa découverte. Toutes les nuits il rêve d'une femme tatouée d'animaux sauvages, qui l'embarque dans une ruelle. Elle le prend par la main, ils passent une porte, puis elle écarte un grand rideau rouge et il se réveille net. Là, il veut voir la suite. Il se trouve que les gamins vont pouvoir lui filer un coup de main, cette rencontre fortuite est précieuse.

— Posez vos têtes autour du trou, les gars, il a dit.

Ils se sont tous exécutés, comme des Sioux voulant écouter un secret de la mère Terre. Marcel a jeté une poignée de pierres à l'intérieur. Ils écoutent. Elles ont roulé, puis créé des morceaux de silence pour finir par toucher le sol.

— Vous avez entendu ? C'est profond, a dit Jacques.

— C'est sûr que c'est le souterrain…, ils ont hurlé tous les trois en même temps.

Les mômes sont restés devant la fissure quelques minutes sans parler, imaginant ce qu'ils allaient découvrir. Chaudrons de pièces d'or, squelettes de chevaliers encore en armure, boucliers gravés de blasons du tonnerre, épées, coffres remplis de parchemins, tableaux, y a de quoi faire. Mais en fait, toutes ces choses n'étaient rien par rapport à cet instant-là. Celui qu'on sent décisif. Le bouleversement attendu, une sorte de bel accident qu'on a invoqué soi-même. Un intervalle entre la mécanique de l'imaginaire et le fond des siècles. Ils sont au bord de leur histoire à tous. Plus de langage humain, ils font des gestes. Prennent des outils de fortune, les ongles noirs de monde, les mains pleines de terre, ils creusent.

11.

Je suis les dessins affolés du temps / Soyez les bienvenus mes enfants / Je suis du monde une leçon de lumière / Je suis un prélude au silence, regardez-moi, regardez-moi bien, je suis la beauté arrêtée et je complète le monde / Mon bestiaire et moi, nous vous attendions. /

Moi, je parle, je suis les matins primitifs du temps qui s'est absenté, la bergère de l'Art / Je suis légataire du passé et maîtresse du devenir / J'étais une âme en attente avant de vous connaître / Je suis l'arche de Noé sur paroi, je vous révèle le secret humain avec mes animaux / Je suis la preuve que l'on peut survivre à tout, j'écarte un voile et brise la monotonie des destinées / À demain.

Depuis son retour de l'hôpital, Simon ne parle plus du tout. Le langage est parti, sans doute doit-il nous quitter un jour. Il vient de subir une opération du cœur. Quand j'arrive, il regarde la télévision sur son canapé, assis sur une bouée gonflable. Gisèle est là, fidèle au poste, elle m'accueille, elle dit :

— Alors, comment se sont passés ces jours sans nous ?

Je réponds :

— Dur.

— Eh oui dur, elle répond avec douceur.

Simon est en convalescence mais pas son sourire. Gisèle me dit qu'un mari qui se tait c'est agréable, j'en conviens parfaitement et je ris aux éclats. Mais, au fond de moi, je me dis que, dans mon sac, j'ai des enregistrements de la voix de Simon. Sa voix, elle est encore quelque part :

— Alors, on est venus avec des outils pour ouvrir le trou, et c'est là qu'on l'a agrandi, et qu'on est descendus dans cette fameuse galerie et on est tombés sur les grottes de Lascaux.

Je ne dis plus rien, je n'ai rien à répondre à ça.

— Voilà la réalité des choses. On n'est pas venus avec des pioches et puis des pelles.

Je le regarde et je le jalouse autant que María, voire plus.

— J'avais apporté une lampe à acétylène. On suivait Marcel Ravidat, c'était l'aîné, quoi. Lui, il avait une bande de copains de son âge qui n'était pas là, le hasard a voulu que ce soit nous, ses copains, à ce moment-là.

— Vous passez dans le trou, tous ensemble, vous descendez, vous vous rappelez ce que vous vous êtes dit ?

— Oh, quand on a vu ça, on a dit… Comme on allait à l'école, c'était un coin préhistorique la région, on parlait des grottes, on était au courant des peintures, mais on ne pouvait pas connaître la valeur inestimable que ça avait…

Cette fois-là, où Simon ne parlait plus, je me suis assise à côté de lui et j'ai regardé une émission animée par Sophie Davant où des gens vendent de vieux objets. Simon me demandait avec des petits signes de m'approcher encore.

— Il est content de vous voir, me dit Ouided, ça se voit.

Il m'a pris la main, nous avons continué de regarder la télé et il s'est endormi.

Montignac, monde souterrain, 12 septembre 1940

— *Je suis les dessins affolés du temps.*

— Bon sang, Simon, viens voir…, lui lance Jacques en enlevant son béret.

Pas à cause de la petite forêt de stalactites qui le chatouille mais parce qu'il a une sensation étrange, comme s'il était entré dans une église. Tête en l'air, il regarde un taureau peint gigantesque, de cinq mètres de long. Les contours noirs, l'intérieur rouge, orangé et marron, il est posé sur la paroi de calcite, on dirait que l'animal vient de naître. Le gamin a le tournis. Simon, lui, vient à peine de glisser dans l'éboulement de pierres. Il s'approche, secouant la terre qu'il a sur ses vêtements, et regarde à son tour. Éboulement.

— *Soyez les bienvenus, mes enfants.*

— J'ai aucune définition pour dire ce que je ressens, dit Georges.

Les visages sont tous aimantés par les parois mal éclairées, aussi mal qu'elles devaient l'être par les hommes de Cro-Magnon en train de peindre il y a des milliers d'années. Marcel fait bouger la lampe et, par ce geste, ce geste premier de l'homme, celui du feu contre la nuit, de la lumière contre l'obscurité, celui du clair-obscur du peintre, il fait renaître les troupeaux.

— *Je suis du monde une leçon de lumière.*

— J'y crois pas, une grotte préhistorique, lâche Simon en prenant le bras de Jacques.

— *Je suis un prélude au silence, regardez-moi, regardez-moi bien, je suis la beauté arrêtée. Je complète le monde. Mon bestiaire et moi, nous vous attendions.*

Ils avancent, tous ensemble, les uns après les autres, doivent se baisser, manquent tomber, touchent les roches légèrement humides et tendres. Les mains du présent dans celle du passé.

— Et il y en a encore, là !

— Et là !

— Encore ici !

On ne sait plus qui parle, ils forment une seule personne.

— *Moi je parle, je suis les matins primitifs du temps qui s'est absenté, la bergère de l'Art. Je suis légataire du passé et maîtresse du devenir. J'étais une âme en attente avant de vous connaître.*

Chevaux, cerfs, biches, aurochs, bisons, félins, bouquetins, hyènes, ours, renne, oiseau, rhinocéros, ovibos, gravés, peints, aimés, adorés, tranquilles et beaux, immortels, que l'homme ne pourra pas tuer ni même le cycle naturel, en train de vivre une vie dessinée, qui épouse les formes de la grotte. Devant les mômes, un monde clandestin fantastique. L'unité entre le monde animal et humain, l'homme et la bête, l'animal et l'animalité, ensemble dans un même geste caché.

— *Je suis l'arche de Noé sur paroi, je vous révèle le secret humain avec mes animaux. Je suis la preuve que l'on peut survivre à tout, j'écarte un voile et brise la monotonie des destinées.*

— On va devoir y aller, la lampe ne va pas tarder à rendre l'âme, a dit Marcel, désemparé.

Ils ont tous commencé à se diriger vers l'ouverture, Jacques avait les larmes aux yeux, et Georges, qui était le premier de la file, s'est retourné et a dit :

— Faut pas qu'on en parle, c'est à nous tout ça.

— Oui, c'est notre trésor, a dit Simon.

— D'ac', si l'un de nous le dit à qui que ce soit, tout le monde va vouloir venir ici, et ce sera plus chez nous, a dit Marcel.

— Demain, on revient avec des lampes, on se débrouille pour trouver des bougies, n'importe quoi pour tout voir, a dit Jacques.

Ils ont tous craché dans la grotte pour sceller leur pacte et sont revenus à la surface. Reproduisant sans le savoir le crachis fait par les artistes magdaléniens sur les parois, qui pulvérisaient avec leur bouche de la salive colorée pour faire des aplats. Simon a regardé une dernière fois la grotte avant de remonter, il n'y voyait rien, un trou béant noir, et il lui a murmuré :

— À demain…

— *À demain.*

12.

Les mondes souterrains, 12 septembre 1940

— *Il n'y aura pas de demain, ou très peu…*
— *Qui est là ?*
— *Moi.*
— *Qui ça ?*
— *C'est joli chez toi, humide mais joli.*
— *Guerre ? !*
— *Qui d'autre ? Je viens en amie, te demander de te refermer, je suis en marche. Je sais pourquoi tu as ouvert ta bouche et pardonne-moi de te le dire, ça ne changera rien.*
— *Je viens d'être découverte par un hasard enfantin, c'est tout. C'est quelque chose qui nous arrive souvent à nous, les grottes ornées, je ne t'apprends rien…*
— *Bien sûr… Ils n'ont pas besoin de ta beauté souterraine pour survivre à la laideur de la surface. Pendant que tu les émerveilleras du regard, moi je leur ferai fermer les yeux. C'est presque pire de t'ouvrir maintenant, c'est toi qui leur fais du mal. Tu ne changeras rien, je vais les*

massacrer en nombre, en masse, je te l'ai dit, j'ai déjà commencé. Ferme-toi, retourne à ton sommeil des siècles. C'est un conseil que je te donne. On ne peut pas sauver tout le monde, et tout le monde n'est pas sauvable… Et puis que vas-tu faire ? Deux cents mètres, tu n'as pas la place. Ils seront des millions, tu es trop petite pour les accueillir.

— Peut-être ai-je une autre idée ?

— Ah tiens, et laquelle ?

— Tu m'ennuies la Guerre, je viens de renaître, laisse-moi en paix. Pourquoi es-tu venue ? Par amitié, tu dis ? Je n'y crois pas.

— Tes enfants, l'un d'entre eux m'appartient. Quand il a craché par terre, j'ai reconnu sa salive et je l'ai bue. Il est à moi.

— Jamais. Sors d'ici tout de suite ! Remonte sur la croûte terrestre !

— Sinon, quoi ?

— Guerre, je sais me défendre, ne crois pas.

— Que vas-tu faire « la grotte » ? Laisse-moi rire… J'ai tout prévu pour lui.

— Arrête !

— Ne fais pas l'enfant toi-même, tu crèveras asphyxiée par eux, et crois-moi, je connais parfaitement ce geste. Referme-toi !

— J'ai confiance en eux, ils sauront me protéger en temps voulu.

— Je ne te savais pas idiote à ce point !

— Prends garde, je vais lâcher ma meute. Je sens le souffle des taureaux bouillonner dans leurs narines et mes chevaux se rassemblent, mon bestiaire va t'éventrer.

— Têtue que tu es... Détourne-toi de ce qui se passe en haut ! Ils t'assassineront. Ils se serviront de toi. Donne-moi le petit.

La grotte hurle. Le cri de la mère, un hurlement opaque, aigu et neuf.

— Sors de mes entrailles, tout de suite ! Je vais réveiller toutes les mythologies anciennes, sais-tu qui je suis ? L'as-tu oublié ? ! Je suis le nombril du monde, l'omphalos m'a choisie. Je suis la cavité naturelle de l'art, son berceau, je suis le Voyage au centre de la Terre *de Jules Verne, je suis l'étable-cachette où naît le Christ, je suis les tombeaux des rois d'Égypte, je suis la légende de Gilgamesh, je suis le trou d'*Alice au pays des merveilles*, je suis l'allégorie de la caverne, je suis tous les rites de toutes les civilisations et ma puissance a fait naître des œuvres magistrales. Je suis la gardienne des siècles passés, présents et futurs !*

— J'avais oublié à quel point tu étais vaniteuse et barbante, ça m'a presque manqué...

— Va-t'en !

— Crois-tu que je tremble devant tes aurochs et tes taureaux mal dessinés et crois-tu qu'ils vont charger mes soldats, mes chars d'assaut, détruire mes camps ? !

— Non. Tu es tellement « bête » que tu ne sais même pas de quoi ils sont capables. Sors de moi, maintenant.

— Très bien, je pars, je t'aurai prévenue.

Plus je me penche sur Lascaux, plus j'ai le sentiment que cette grotte représente davantage que la chapelle Sixtine de la préhistoire, comme l'a appelée à l'époque l'abbé Henri Breuil. Hormis sa puissance esthétique, Lascaux est un exemple d'accomplissement humain, offert à la pire période du monde.

« Rarement l'effet du bonheur, de la facilité du génie, qui résout la difficulté la plus grande, fut plus apparent : il n'est pas d'invention plus parfaite, plus humaine que celle dont ces rochers portent le témoignage, pour ainsi dire au commencement de notre vie » (Georges Bataille, *La Peinture préhistorique. Lascaux ou la naissance de l'art*).

— Lorsque vous avez découvert Lascaux avec vos copains, vous avez été un héros très jeune. Comment on passe de simple gamin à héros planétaire ?

— Vous savez, on était fiers quand on a découvert Lascaux, c'est les gens qui nous ont transformés comme ça, parce que nous, on ne s'est pas rendu compte de la valeur inestimable, pas financière bien sûr, mais…

— Lascaux, vous m'aviez dit la dernière fois vous en souvenir parfaitement, est-ce que c'est la chose que vous connaissez le mieux sur terre ?

— Oui, c'est quelque chose qui laisse un souvenir inoubliable.

— Ça vous laisse un sentiment ou des images ?

— Les deux.

— Est-ce qu'il y a des images qui vous ont plus fasciné que d'autres ?

— Moi, c'est d'abord quand on a trouvé la salle des Taureaux, mais c'était… y a un couloir où on aurait dit que les bêtes elles sortaient de l'eau, vous voyez.

Berck, printemps 1938

— Sors de l'eau, Simon, tu vas attraper froid ! hurle sa mère.

Les minutes passent et il est toujours immergé dans l'eau grise, il y a juste sa tête qui dépasse.

— Simon, qu'est-ce que je t'ai dit !

Victorine, en bonne mère inquiète, l'attend au bord de l'eau armée d'une serviette de bain. Le vent s'est levé, le sable est frais, ses cheveux noirs et épais dansent sous son chapeau blanc. Elle est trop bien habillée pour être à la plage mais elle s'en moque. Elle va tacher sa robe avec du sel et du sable, et alors ? Michel, lui, discute avec sa belle-mère. Tout le monde est de sortie. C'est dimanche. On se doit de marquer l'instant et de faire une photographie. Simon s'en tape complètement, ce qu'il veut c'est profiter de l'eau trop froide, nager, se perdre dans l'écume. Alors quand il s'approche de sa mère, avec la serviette qui gigote, il se prend pour un taureau. Elle, c'est le toréador, il court et passe à travers le tissu. Ça la rend folle de rage au début, puis elle rit, s'imagine elle-même habillée avec un veston noir et des breloques dorées cousues dessus.

Au loin, Michel hurle :

— Ma-demoiselle ! Allez, venez tous les deux !

Berck est une des plages les plus proches de Paris, tout le monde y va pour se croire en vacances au soleil mais il y fait toujours gris. La photographie est en noir et blanc. Je ne sais pas qui tient l'appareil, je ne le saurai jamais. Il y a Simon, douze ans, qui vient de sortir de l'eau, et ses cousins, Jaquito, Adolphe, Raphaël et Maurice, le frère de Simon. Leur nom est écrit au dos du cliché. Les mômes tirent un peu la tronche sur le sable, assis en rang. Une moue collective, parfaitement réussie. Il y a la grand-mère au fond avec une veste chaude et un collier de perles. Cheveux gris tirés en chignon. Elle a l'air sévère. Michel, le seul homme adulte, porte un costume trois pièces ; les jambes allongées dans le sable, il regarde droit l'objectif, assis à droite de l'image. À gauche, il y a Victorine à genoux qui porte sur son dos une de ses sœurs. On dirait qu'elles ont le même âge, une trentaine d'années. Elle est presque en train de tomber sous son poids. Elles sourient toutes deux, sont au bord du fou rire.

Au fond de la photographie, on voit les petites cabanes typiques de la plage de Berck, qui sont encore là de nos jours. C'est un moment comme toutes les familles en vivent, on voit bien que pour certains c'est un effort d'être là et pour d'autres un rêve d'avoir les pieds congelés par le sable. C'est un moment sans guerre ou presque. Nous sommes en 1938. Un des cousins, Adolphe, un prénom qui bientôt ne va plus exister, un môme de quoi ? dix ans, qui est placé derrière sa mère, celle qui fait du cheval sur Victorine, fait semblant de tirer sur le photographe. Il a un bras tendu avec quelque chose dans la main. Un bout de bois flotté ? Un jouet ? Impossible de savoir vraiment.

13.

Nous, les grottes aux peintures rupestres et aux gravures, privilégions les représentations animales plutôt qu'humaines, mais parfois il nous arrive d'en accepter sur nos roches. Les hommes sont moins bien représentés que les animaux, tenez, par exemple, ils ont en général quatre doigts, jamais cinq. Nous les tolérons au fond des cavernes, jamais dans nos entrées. Je dois dire que mon homme du puits est un des plus beaux de l'art pariétal. Ce n'est pas pour me vanter, ce n'est pas mon genre, mais il est réussi. En plus il reste une énigme pour vous et ça m'amuse. Pourquoi a-t-il une tête d'oiseau, si tant est que cela en soit une ? Pourquoi encore a-t-il un sexe dressé ? Et les quatre doigts, comme dans les autres grottes ? Est-il mort, vivant, entre les deux ? A-t-il été chargé par le bison blessé à côté de lui ? Est-il debout ou allongé ? Et qui est-il ? J'ai cette réponse bien entendu, mais je ne dirai rien, jamais. C'est mon secret.

En compagnie de Simon, je n'arrêtais pas de penser aux grottes, aux cavernes et au secret qui avait été scellé dans celle de Lascaux. Mais c'est en visitant de vraies grottes, pas des reproductions, que la question du secret s'est amplifiée. Dans la grotte des Combarelles, caverne vieille de 13 000 ans, à quelques kilomètres de Lascaux, j'ai eu l'impression d'être mise dans le secret, et mon père aussi. Lorsqu'on regarde une gravure ou une peinture rupestre, on est en train de regarder quelque chose que l'on n'aurait jamais dû voir, le temps aurait dû l'effacer. On se sent précieux, choisi, car cette chose parfaitement belle, inimaginable, se déploie sous nos yeux. La main d'un Magdalénien, il y a des millénaires, était là, à notre place, et a laissé cette empreinte, qui n'est autre qu'un secret dévoilé. Nous sommes comme honorés d'être son spectateur privilégié et nous nous sentons vides d'avoir renoncé nous-mêmes à ce geste premier, celui de dessiner. Nous le connaissons trop bien, c'est notre premier langage et le premier que l'on abandonne pour l'écriture.

Gisèle m'avait dit que lorsqu'on entrait dans la grotte de Lascaux, on avait le sentiment d'« entrer dans un sanctuaire ou une église ». Mais c'est encore autre chose qui se joue. En pénétrant dans un monument construit par l'homme pour glorifier une religion, on est déjà dans un état attendu, on sait qu'à l'intérieur tout est conçu pour être grandiose et pousser au recueillement. Mais la grandeur absolue de l'art pariétal, c'est qu'il profite de la beauté de la roche pour s'y loger. La nature et l'homme, ensemble, dans un même but : la création. Et c'est cette fusion qui est intense.

— Finalement, vous avez gardé le secret combien de temps ? Ce serment, vous le faites dans la grotte ?

— Oui, mais moi je l'ai dit à mon grand frère, comme je suis bavard… J'ai été obligé de l'emmener le lendemain, m'avoue Simon.

On rit.

— Vous pensez, Maurice, quand il m'a vu revenir dans l'état où j'étais.

— Vos parents ne se doutaient de rien ?

— Non, on leur a dit après.

— Vous avez cafté, quoi ?

— J'ai cafté.

On sourit encore. Toujours.

— Je l'ai dit à Maurice, voilà. C'était mon frère aîné.

— Les autres font la gueule quand ils voient votre frère, le lendemain ?

— Je ne m'en souviens plus.

— Après, vous redescendez tous ensemble et vous continuez à explorer. Vous passez votre journée à explorer la grotte.

— Voilà, c'est ça.

— Est-ce que vous en avez rêvé, de Lascaux ?

— Tout le temps, c'est en moi. J'en ai rêvé beaucoup, mais moins maintenant.

— Vous avez déjà rêvé que les images se mettaient en mouvement ?

— Non, enfin, disons que, y a des dessins que... où les gens n'allaient pas, fallait y aller à plat ventre, ce n'était pas des peintures, c'était des dessins qu'il y avait sur la roche.

— Vous voulez dire des dessins gravés ?

— Oui, gravés, voilà, c'est ça. Y avait une partie où on était obligé d'aller à plat ventre.

— Et ça, les gens ne l'ont jamais vu ? Et les préhistoriens après ?

— Ah non ! Ben non... Sauf les scientifiques, après.

— Vous vous rappelez ce qu'il y avait, un peu ?

— Ah oui, les dessins c'était des bêtes qui étaient dessinées sur la roche tout le long de la galerie, quoi.

— Vous rentriez comme ça, à plat ventre ?

Je fais le geste.

— Oui, et c'est là qu'on a trouvé le fameux trou, où on est descendus, et on a vu l'homme avec la tête d'oiseau.

— Mon copain ?

— Voilà.

Et il a souri.

Sur mon avant-bras gauche, j'ai un tatouage de cet homme qu'on appelle aussi l'homme ithyphallique, que Simon a remarqué. Je crois qu'il a été un peu effrayé et fasciné à la fois que quelqu'un puisse se faire ça sur la peau. Quelqu'un assis face à lui, en particulier. C'est pour cela que je lui ai dit « mon copain » en parlant de l'homme à tête d'oiseau et qu'il a souri. Il continue :

— On explore tout ça, c'était fantastique. On allait de merveille en merveille. Mais bon, quelques jours après, on a été obligés de repartir à Paris, mais avant il y a eu les Alsaciennes.

Montignac, 13 septembre 1940

Tous, cette nuit-là, cette nuit contre toutes les autres, ils n'ont pas rêvé. Parce que le rêve éveillé qu'ils venaient de vivre avait suffi à remplacer tous leurs songes. Quand la rêverie est réelle pourquoi s'encombrer davantage ?

Très tôt le matin, ils se sont attendus devant le Trésor, même le nouveau, Maurice, le grand frère de Simon, ne les dérangeait pas, parce qu'ils avaient au fond d'eux envie de propager cette découverte. Quand une chose est trop belle pour soi, on a envie de l'épouser, de l'embrasser, de la montrer, d'écarter le voile.

Ils ont parcouru les quelques mètres d'éboulis, certains la tête la première, d'autres se sont laissés glisser en poussant sur leurs bras. Chacun avait sa lampe d'acétylène avec lui. Les hommes préhistoriques avaient des lampes en bois de sapin, de chêne, et même de séquoia et du genévrier comme combustible ou comme mèche.

— On va se mettre un par un, en file indienne, comme ça, on ne se perdra pas et on loupera rien, a dit Marcel.

— Oui, ont dit tous les autres sauf Maurice.

Son cœur allait éclater. Et les taureaux géants qui lui faisaient cet effet allaient être témoins du drame. Hier soir, il avait douté de son bonimenteur de frère, mais c'était vrai, l'incroyable était réel. La géographie des profondeurs se calquait en lui. Ses palpitations étaient aussi provoquées par la peur. Si jamais la grotte se refermait, si jamais lors de leur déambulation elle se mettait à s'écrouler, ils seraient ensevelis ici. Un beau tombeau, pensa-t-il, mais quand même. Et personne ne pourrait les retrouver. Il murmura à l'oreille de son frère :

— Dis, tu n'as pas peur toi, là ?

— Pour quoi faire ? J'ai pas le temps, je dois tout regarder, j'veux pas en perdre une miette.

— Ben, si on reste coincés, j'sais pas. Ça peut s'effondrer sur nous, tu crois pas ?

— C'est pas une question de croyance, on vient de trouver un trésor, et ça, c'est du réel.

Maurice était un beau jeune homme élancé, un danseur de claquettes. Il décida donc, pour dominer sa frousse, de faire des petits pas de danse pendant qu'ils cheminaient et son cœur reprit un battement normal.

— On se met à quelques mètres d'écart et on avance, a dit Marcel, allez on y va, les frangins, on se bouge !

Et ils se sont mis en marche comme des enfants de chœur avant une messe, l'un après l'autre, pour affronter le temps des âges, en regardant à droite, à gauche, en l'air. Découvrant des animaux paisibles, gigantesques, griffonnés, gravés, incrustés, de toutes tailles, colorés, non colorés, effrayants de beauté. Et des signes aniconiques, qui ne ressemblent à rien de figuratif, indéchiffrables. Cercles, traits parallèles ou convergents, bâtonnets, triangles, flèches, petits points à la verticale, claviformes.

— Sans mentir, j'ai l'impression que mes yeux vont quitter mes orbites, tellement c'est beau, a dit Simon.

— Ça date de quand, vous pensez ? a demandé Maurice.

Ils se sont arrêtés net tout en se retournant vers Georges.

— Cet endroit me coupe la chique… J'sais pas… Pas d'hier, en tout cas.

— Des milliers d'années, a dit Marcel.

— Voilà, c'est ça. Mais combien ? a répondu Georges.

Ils ont repris leur chemin, celui de la destinée humaine violente et belle ici-bas. Il fait une douzaine de degrés, les garçons grelottent, les respirations sont lourdes à cause de l'humidité. Ils descendent une pente, des chevaux inscrits dans la matière rocheuse les regardent, et ils arrivent à un nouveau trou.

— Je vais descendre tout de suite, a annoncé Marcel.

— Non, c'est dangereux, on sait pas ce qu'il y a en bas… Les gars, je le sens pas, a dit Jacques.

— J'ai une corde, vous êtes quatre à la tenir, c'est bon, je fais quoi ? Soixante-dix kilos, ça fait vingt kilos pour chacun, c'est bon.

— Non ça fait dix-sept kilos et cinq cents grammes, a répondu Georges. (Chassez le naturel, il revient au galop.)

— Ben tu vois, c'est encore plus léger, a rétorqué Marcel en leur tendant le cordage.

Maurice se l'est enroulé autour du ventre et il l'a lancé dans la nouvelle cavité. Les autres ont tenu la corde et l'apprenti garagiste est descendu. Dix mètres plus bas, une voix, la sienne, leur dit que tout allait bien, il allait explorer les lieux. Il a pris un boyau qui finissait par un éboulement, puis s'est dirigé de l'autre côté, inspectant les parois.

— Bon sang ! il a hurlé.

— Quoi ? a dit Simon face au trou.

— Il y a un quelqu'un ! a répondu Marcel.

Là, ils se sont tous regardés et ont pensé dans un ordre aléatoire : Un squelette ? Un homme préhistorique encore vivant, monstrueusement vieux ? Un archéologue momifié ? La mère de Georges, pour le punir ?

— Comment ça, quelqu'un ? !

— Il y a… Je sais pas, comment… attendez, je regarde…

— Mais dis-nous ! Un « mec » comment ? !

— Ben, il a une tête d'oiseau et quatre doigts… et y a un bison qui perd ses entrailles à côté de lui.

Marcel restait seul devant cette œuvre étrange, et touchait pour la première fois la paroi de la grotte. Quelle part de nous-mêmes raconte ce dessin ? Et de quel nous s'agit-il ? Pourra-t-on jamais savoir ce que veulent dire ce bison et cet homme ? Cette grotte simplifiait le langage humain, comme la mécanique des voitures, qu'il connaissait bien. Un bison est un bison. Un homme est un homme. Mais on ne sait pas ce qu'ils veulent dire ou ne pas dire ensemble. Ce sont des êtres figuratifs, voilà. Mais la tête d'oiseau ?

Ziggy, son patron, lui avait dit :

— La mécanique, p'tit, c'est simple, un piston c'est un piston, ça rentre là, et puis basta !

Mais là, ces choses entraient dans son âme, ou plutôt lui en greffaient une deuxième et récitaient une poésie inconnue de ce gamin, qui pourtant savait la reconnaître. La Nature lui parlait : la terre au sol, le manganèse qui pigmentait les dessins, l'air et l'eau qui avaient donné vie à la grotte, le feu dans l'obscurité des origines.

— Ho ! Tu fais quoi ? !

— Je ré-flé-chis !

D'un coup, il a senti une main se poser sur son épaule. La main du temps, ou de l'artiste magdalénien qui avait peint cette œuvre. Un nouveau monde remplaçait l'ancien. Il eut un frisson glacé, et demanda qu'on le remonte. Quand il fut en haut, les autres étaient impatients de descendre, de rencontrer l'Homme, mais Marcel, lui, était pâle, le front tourmenté.

— Ça va ? a demandé Simon.

— Oui, oui, ça va. Mais c'est balèze en bas.

14.

Sur un de mes panneaux peints, celui que les archéologues ont appelé l'Empreinte, j'ai une biche dessinée. Elle est cachée derrière des bouquetins, mais moi je sais qu'elle y est. Il est vrai qu'une autre biche est venue accompagnée de Simon, mais aucune des deux n'a salué l'autre.

J'imagine Simon adolescent se risquer au premier amour. Ce qui est incroyable, c'est la puissance de l'adolescence. Ce qui est incroyable, c'est que ces filles alsaciennes, elles avaient donc aussi quitté leur foyer, avec leur famille. Et pour quelle raison ? Tout ça, ils n'en parlent pas entre eux. Ils prennent ce qu'il y a à prendre : le présent. Et dans leur fuite, elles ont eu la chance d'être les premières filles à rencontrer les aurochs, les félins, les vaches, les chevaux… Et après ? Que sont-elles devenues ? J'ai posé la question à Simon, il ne le sait pas.

— Et alors, c'est vrai, on courait après les filles, les Alsaciennes, on leur a fait aussi visiter la grotte.

— Les Alsaciennes, elles étaient réfugiées à Montignac ?

— Oui.

— Vous avez embrassé l'une d'elles dans la grotte ?

— Oui, je la trouvais jolie, elle avait des yeux de biche !

On rit.

— J'ai fait tout ce que j'ai pu faire…

— D'accord, c'est clair. La pénombre, ça aide, je dis. Vous avez eu une amourette, quoi ?

— Oui.

— Vous vous rappelez son prénom ou son nom ?

— Non.

— Comment ça se passe ? Vous êtes les garçons qui découvrent Lascaux et vous vous la racontez auprès d'elles ?

— C'est-à-dire, dans la petite maison où j'étais, ça donnait sur le café de Jacques, qui habitait avec sa mère, on pouvait se parler par la fenêtre. Et la mère de Marcel Ravidat était notre femme de ménage, on se connaissait tous déjà, donc on draguait ensemble après la grotte, c'est vrai.

— Et vous vous êtes dit, les Alsaciennes on les embarque dans la grotte…

— Oui.

— Je comprends…

— Moi je suivais tout le monde, quoi ! Dans la grotte, on était fiers, vous pensez ! J'étais quelqu'un d'autre dedans, presque un homme.

— C'est-à-dire ?

— J'étais plus grand que prévu, et on était les seuls à savoir quelque chose, y avait un côté magique.

— Vous vous en serviez de cachette à amour ?

— Oui.

— Dans votre vie, avez-vous encore ressenti ça ailleurs, un endroit fantastique où régnait une telle liberté ?

— Non, ça jamais.

Montignac, 15 septembre 1940

Elles buvaient un sirop dans le bar de Jacques. Quatre Alsaciennes, tombées de nulle part et belles bien comme il faut. Toutes blondes et rondes. Jacques les a tout de suite remarquées et il est monté à sa fenêtre. Simon a regardé par la sienne, comme s'il l'avait senti. Jacques a écrit sur une feuille de papier qu'il a collée à la vitre : DESCENDS TOUT DE SUITE ! et puis derrière, il a griffonné DES FILLES, DES VRAIES, AU BAR ! Simon ne s'est pas fait prier. Il les a vues et son cœur a changé de côté, il a totalement chaviré. Ils sont vite allés chercher Georges, un peu plus loin, qui bien entendu n'avait pas le droit de sortir.

— Madame Agniel, vous ne comprenez pas, c'est une question de vie ou de mort, j'suis très sérieux !

— Jacques, Georges est puni, il a ruiné ses vêtements, qu'est-ce que vous faites dans les bois ? Des tranchées ? !

— Oui, c'est ça, des tranchées, a dit Simon. On s'amuse comme on peut...

— S'il vous plaît, madame Agniel, sans lui, on est paumés en géographie et on souhaite vraiment réviser... C'est important, vous croyez pas ? ! l'a suppliée Jacques.

— Moui... ça a l'air louche mais bon. Geoooorgggeees ! Viens, tes amis ont besoin de toi, tu peux sortir.

— Merci, m'dame Agniel, ont hurlé les deux compères.

— Moui... ça a l'air louche mais bon, elle a répété.

Georges est arrivé comme une fusée, il trépignait derrière la porte d'entrée en écoutant la conversation.

— Alors, quelle leçon de géo vous voulez réviser ? a demandé Georges, ravi.

— L'Alsace ! a dit Jacques avec un sourire en coin.

— Les courbes alsaciennes, même, je dirais, a sorti Simon.

— C'est au programme, ça ? a demandé la mère en les regardant tous les trois filer dans la rue.

Ils courent tous au garage de Marcel, et lui expliquent le plan.

— Pas possible, je vous dis.

Ils l'implorent, lui disent que sans lui c'est foutu, elles sont quatre, il se doit d'être là, il ne peut pas refuser, en plus c'est le plus âgé, les filles aiment les mecs plus grands.

— Mais regarde mes frusques, j'suis en combinaison de garagiste.

— Arrête, les filles adorent les uniformes, c'est bien connu, a rétorqué Jacques.

— Va falloir qu'elles soient belles de belles, je vous jure !

Il va voir son patron, qui est accoudé à une servante d'atelier. Marcel lui explique qu'il doit quitter son poste, parce qu'il a *une urgence sans précédent.*

— Patron, j'ai comme qui dirait une urgence sans précédent.

— Ah.

— Il faut que je quitte le boulot, mais je reviens vite.

— Ah.

— Elle est comment ?

— Qui ?

— La fille.

— Quelle fille ?

— Arrête, j'ai entendu tes copains, là, tu crois que je suis sourd, j'étais sous la bagnole en train de bricoler, crétin !

— Ah.

— Allez, vas-y, il fait beau, que ton urgence soit jolie ! Dépêche, avant que je revienne sur ma décision.

Pas la peine d'expliquer le reste, les filles ont ri à leurs blagues, se sont laissé entraîner dans la forêt, sans croire à leur histoire de bisons, de félins et de vaches géantes.

— Y a même un ours ! leur a dit Jacques.

— Oui, oui.

— Non, je vous jure ! c'est très sérieux sérieux, a insisté Georges.

— Et un éléphant ?

— Non, ça, y a pas, a répondu Marcel un peu excédé. « Qu'est-ce qu'elles veulent, ces gourdes ? Un zoo ? » pensa-t-il.

— Mais y a des taureaux grands comme des éléphants, a dit Simon pour couper court.

Elles étaient en jupe et en souliers, à coup sûr pour descendre dans le Trésor, leurs genoux seraient couronnés d'écorchures, leurs bras amochés, leurs jupes déchiquetées.

Et c'est comme ça que la grotte de Lascaux fut le théâtre d'une explosion de baisers. Échauffement des corps, de la pensée des corps, peaux dénudées sur rochers du temps, peur au ventre des filles dans le noir, puis lumières de bougies vacillantes, avalanches sur elles des garçons-hommes, amour naissant, poussières, rires et chuchotements de l'enfance, aurochs timides qui détournent le regard. Ou peut-être qu'ils regardent, y sont habitués, ils attendaient même ce moment, c'est peut-être ça le but de la grotte. S'y livrer au rituel amoureux face à des animaux ? Rires devenus colorés comme des peintures, caresses dans les cheveux, bonheur pur dans l'intérieur noir du Temps.

15.

Bien sûr, il y a des animaux avec lesquels je m'entends plus que d'autres. Les cinq cerfs de ma nef tracés en noir avec du manganèse et avec de l'argile brune. Il n'y a que leurs têtes. Je les aime car ils sont en train de nager ou de marcher dans une rivière à gué, et, pour eux, c'est une opération délicate, ils traversent un moment difficile, et ils s'en sortent.

— Simon, avez-vous déjà vu des choses aussi belles que les dessins de Lascaux dans votre existence ? je lui demande.

— Non, jamais.

— Je te remercie ! lui lance Gisèle aussi sec.

Il pose la main sur la sienne, puis me regarde droit dans les yeux.

— Mis à part ma femme bien sûr, il rétorque en riant.

— Quel sentiment vous avez quand vous pensez à la grotte ?

— Un sentiment paisible.

— De plénitude ?

— Oui.

— Vous y pensez tous les jours ?

— C'est en moi. Moi je l'ai tellement vue, elle est là-dedans la grotte !

Je souris.

— Quand je suis reparti, les autres copains se sont occupés d'elle, de la grotte.

— Marcel et Jacques sont devenus guides après, je l'ai lu dans les *Antimémoires* de Malraux. Il croise un des deux lorsqu'il visite la grotte. Je me demandais si vous aviez rencontré André Malraux, justement ?

— Non.

— Bougez pas.

Je sors le bouquin de mon sac :

Je suis retourné à Lascaux [...]. Je demande au guide sympathique et intelligent :

— Que sont devenus les gosses qui voulaient retrouver leur petit chien ?

— C'est moi.

Il a une quarantaine d'années...

— Vous savez, le chien a bon dos ! Ce que nous voulions c'était l'aventure...

— C'est ça. Ces mots, c'est du Jacques tout craché, il a été guide effectivement pendant des années dans la grotte.

— Vous êtes un gosse dans un livre de Malraux, ce n'est quand même pas rien.

Là, c'est lui qui sourit.

— L'amitié, entre vous tous et la grotte, c'est fantastique, elle est le cinquième enfant de la troupe ?

— Complètement. Et à la fois une mère protectrice, quelque part.

L'amitié cimente l'histoire de cette découverte, et le sentiment amical c'est quelque chose que l'on retrouve dans les camps de transit ou de concentration. Une amitié solide, toujours dans les *Antimémoires*, une ancienne déportée : *Après un temps assez court, passé généralement dans la relative solitude du lit, nous semblions... rétablies. Et les nôtres croyaient que nous étions redevenues leurs semblables moralement aussi. Mais nous étions les semblables des copines, et de personne d'autre.*

— Vous vous êtes fait des amitiés à Drancy ?

— Je n'ai pas eu le temps, je ne suis resté qu'un mois.

Montignac, 17 septembre 1940

Simon est en train de faire ses bagages pour rentrer à Paris. Il va retrouver la malle de sa grand-mère, mais il va abandonner sa caverne. De toute façon, les garçons envisagent de montrer leur trésor à l'ancien instituteur, monsieur Laval. En plus, pas mal de mômes sont au courant, entre les pipelettes alsaciennes et eux, la rumeur s'est déjà propagée. Bientôt elle sera ouverte à d'autres que lui, et ça le fout un peu en l'air. Simon descend le grand escalier de l'entrée, l'air amoché.

— Alors, ça y est, tu repars ? lui dit Jacques qui l'attendait.

— Oui.

— Pardonne-moi pour ça, mon pote.

— Ça quoi ?

Jacques éclate en sanglots. Simon est détruit. Ils partent ensemble dire au revoir aux autres. Quand ils arrivent devant la grotte, ils sont déjà à l'intérieur. Si on pouvait mieux y respirer, ils auraient installé des lits, des meubles, et tout un tas de choses pour y vivre. Simon et Jacques y descendent, l'entrée est toujours un défi, une pente rocailleuse pleine d'écorchures et de joie. Simon vient de réouvrir une des griffures qu'il s'est faite le jour de la découverte. Elle cicatrise le soir et le lendemain, à chaque fois, la blessure sur son bras réapparaît, un peu plus grande, quand il revient de la grotte.

— Salut les gars ! a hurlé Jacques.

Marcel et Georges sont sortis des boyaux où ils comptaient les animaux, couverts de terre jusqu'au cou.

— Tu vas retrouver les Parisiens, c'est triste..., a dit le garagiste.

— Ouais, c'est ça.

Georges sur l'instant s'est tu. Si un mot sort de sa bouche, il a peur de pleurer, de se répandre. Les taureaux gigantesques les regardent se dire au revoir. Georges pense que Simon n'a qu'à rester ici dans la grotte et s'y cacher, laisser sa famille, parce que sa famille maintenant c'est ici, et c'est eux. Il a rassemblé son courage et a lancé, se retenant de chialer :

— Bon voyage mon ami, t'embrasseras la tour Eiffel pour moi.

— Promis, a répondu Simon. Les gars, je vais aller saluer la grotte, je reviens.

Il est parti seul avec une lampe, il passe ses mains sur les gravures, effleure de ses doigts les contours d'un cheval, et va vers le trou, le puits de l'homme-oiseau.

— Hé ! mon ami oiseau, je te dis à bientôt. Passe quand tu veux boire un verre dans ma chambre…

Il s'est trouvé stupide à prononcer ces paroles, il espère que les autres ne l'ont pas entendu, alors il a fini son adieu en murmurant :

— Emmène pas le bison avec toi, c'est compliqué, il est trop gros pour tenir dans ma chambre.

Puis, de retour devant sa famille d'amis, il a dit :

— Messieurs, vous me tiendrez au courant si vous trouvez un acheteur pour la Rolls… j'ai pas le temps de passer chez Dorover.

— Je m'en occupe, t'en fais pas va, a répondu Georges.

— Allez, je vous laisse, ma mère m'attend.

Ils ont échangé une poignée de main, comme des adultes.

— Prenez soin d'elle.

— On le fera, a dit Jacques.

Quand il leur a tourné le dos, ils se sont tous mis à rugir, gémir comme si les animaux disaient aussi au revoir à Simon. Il ne s'est pas retourné et a ri jusqu'aux larmes.

Lorsqu'il est arrivé à la maison du Chêne, sa mère lui a annoncé que le chauffeur n'allait pas tarder. D'un coup, il a éventré une de ses valises, en a retiré ses bandes dessinées et a filé en face, dans le bar de Jacques. Quand il en est revenu, la voiture était là. Il a regardé sur son bras la blessure faite sur les éboulis, et s'est senti moins malheureux, parce qu'il avait sa gravure, sur lui.

16.

Voilà que je m'étais ouverte, confiée à eux et qu'il ne m'en restait plus que trois… Le départ de Simon m'a attristée. Dix-sept siècles seule, et j'étais enfin si habitée de mes inventeurs qu'il allait m'en manquer un. Je savais que la Guerre le voulait, j'avais peur pour lui.

Je suis avec eux, nous sommes autour de la table du salon comme toujours. Gisèle va me préparer un café, je dis :

— Vous voulez que je le fasse ?

Elle me lance un regard noir, je ne dis plus rien, je me laisse faire. J'embrasse Simon :

— Vous vous êtes fait couper les cheveux ?

Il me fait oui de la tête.

— On a à votre disposition du déca ou du vrai. C'est ma nièce qui nous a offert cette cafetière, me dit Gisèle.

— Du vrai, s'il vous plaît, je réponds.

L'odeur du café envahit la pièce. Je place mon enregistreur au milieu de la table.

— Nous en étions à votre départ de Montignac.

— Oui. C'est là que l'enfer commence. Vous allez voir. Donc il nous fallait louer une voiture, donc on avait loué une Citroën Traction Avant pour rentrer à Paris, et y avait un autre couple qui avait aussi loué une voiture pour rentrer. Des réfugiés comme nous. Y avait deux voitures avec deux chauffeurs, on se suivait. Et sur la route, la voiture des autres personnes, comme c'était une plus vieille voiture, elle s'est renversée. Ma mère a dit : « Bon ben écoutez, on va les prendre avec nous, on va pas les laisser dehors ! » Alors le chauffeur est resté à garder la voiture, et nous sommes tous rentrés à Paris. C'était un couple et un enfant. L'enfant, il m'a téléphoné un jour, il a mon âge. Il a dit : « C'est votre mère qui nous a accueillis. »

— Incroyable, il vous a retrouvé…

— J'ai quatre-vingt-onze ans, j'ai beaucoup de souvenirs. Soixante ans après, il m'a téléphoné.

Paris, 12 janvier 2000

— C'est bien vous ?

— Eh oui, c'est moi.

— Je lisais un article sur les grottes de Lascaux et je vous ai reconnu.

— Ça alors, Icchak, si j'avais su que vous me rappelleriez… Comment vous allez ?

— Bien, bien je vais bien.

— Et votre mère ?

— Elle… elle a été déportée à Auschwitz, ainsi que mon père, ils n'en sont pas revenus.

— Bon Dieu, je suis désolé.

— Ne le soyez pas, c'est comme ça. Mais ça me fait plaisir de vous parler.

— Je me rappelle votre mère quand nous nous approchions de Paris, vers Fontainebleau, au bord de la route, il y avait ce panneau blanc avec écrit en noir LES JUIFS SONT VOTRE MALHEUR et elle a dit...

— ... qu'ils avaient dû faire une faute de frappe, le mot bonheur avait été amoché par l'imprimeur.

— Je m'en souviendrai toujours.

— Si on avait su... nous n'aurions jamais quitté Montignac.

— On ne pouvait pas savoir, c'était inimaginable.

Un silence.

— Je vous appelais pour vous remercier de nous avoir sauvés, ma famille et moi, il y a soixante ans.

— Moi, je n'y suis pour rien, c'était ma mère !

— Eh bien c'est à vous que je le dis aujourd'hui. Merci, Simon.

17.

Les spécialistes de l'art pariétal disent qu'il y a trois catégories de dessins communément observés dans les grottes ornées. Les animaux, les humains et les signes. Mais ce que l'on sait peu, c'est qu'il en existe une quatrième, que les préhistoriens ont appelée les « non-dits ». Le paysage, inexistant chez nous, en est le parfait exemple.

— Moi, je ne savais même pas que j'étais juif.

— Vos parents ne pratiquaient pas ?

— Non. Ma grand-mère mangeait du pain azyme, elle faisait ça, voilà.

— C'était une sorte de non-dit, alors ?

— Non, non… Je ne sais pas, on n'en parlait pas, c'est tout, on était juste une famille, vous voyez.

Paris, janvier 1941

Paris s'est coloré de pancartes, LES JUIFS NE SONT PAS ADMIS ICI ; ICI MAISON JUIVE, N'ACHETEZ PAS ; CHASSEZ-LES. Simon passe de rue en rue et tout est devenu juif, on dirait. Charpentier : juif. Costumier : juif. Synagogue : déjà juif. Immeuble : juif. Fleuriste : juif. Boutique de son père, Au chic parisien : juif. Stupeur. Sur sa vitrine, sa vitrine à lui, quelqu'un a mis ENTREPRISE JUIVE. Il entre.

— Tiens, fiston, tu vas bien ? demande le gérant de la boutique, le bras droit de son père, monsieur Jacobi.

— Qu'est-ce que c'est que cette pancarte, là, ENTREPRISE JUIVE ?!

— Ah ça… C'est comme ça en ce moment, il faut dire si on est juif, maintenant.

— Mais qui est juif ?!

— Eh bien ton père, gamin, et toi aussi.

— Pardon ? Personne est juif chez nous, c'est absurde !

— Rentre chez toi, demande à tes parents. Ne t'inquiète pas, ce n'est rien de grave. Assieds-toi, calme-toi, je reviens. Madame, je peux vous renseigner ?

Simon est fou de rage, il est devenu juif, mais quand ? Cette nuit ? Il s'en moque d'être juif ou non, en fait il ne sait même pas ce que c'est, ce que ça veut dire, mais ce qui l'ennuie, c'est qu'on montre du doigt son père et son magasin.

Jacobi revient auprès de lui, c'est un chic type, il a fait la guerre de 14 et en est sorti éclopé. Il a une voix douce et chaleureuse derrière sa gueule un peu cassée et sa jambe de bois. Une sorte de gentil pirate. Simon, quand il le regarde, veut toujours lui mettre un perroquet sur l'épaule.

— Ça va aller, fiston, faut pas que tu t'inquiètes, ce truc sur la vitrine, ça change rien, sois fier plutôt.

— Mais de quoi ? Je suis pas juif ! C'est faux, tout ça !

— D'accord, alors disons que chacun est un juif qui s'ignore, hein ? Rentre, c'est rien, la guerre a toujours ses conditions. Aujourd'hui, c'est celle-là, demain, ce sera autre chose, c'est pas grave.

— Merci, m'sieur Jacobi.

Dans la tête de Simon, ça tourne en boucle. Est-ce que Jacques est juif ? Est-ce que Georges, Marcel, les Pastoureau sont juifs ? Est-ce que la grotte est juive ? Qui l'est et qui ne l'est pas ?

Victorine et Michel sont dans le salon, en train de discuter. Sur la table, un article d'un journal, *Au pilori*, qu'on a déposé dans leur boîte aux lettres. Un certain Paul Riche a écrit : *Mort aux juifs ! Mort à la vilenie, à la duplicité, à la ruse juive ! Mort à tout ce qui est faux, laid, sale, répugnant, négroïde, métissé, juif ! Mort ! Mort aux juifs ! Oui. Répétons, répétons-le ! Mort ! M.O.R.T. AUX JUIFS ! Là ! Le juif n'est pas un homme. C'est une bête puante !*

Simon vient de passer la porte d'entrée en la claquant, mais ils ne l'ont même pas entendu. Il va exploser : « Alors comme ça, on est juifs ! Première nouvelle ! J'aimerais qu'on me mette au courant ! »

Il arrive dans le salon, interloqué :

— Est-ce que je suis juif, maman ?

Elle regarde son petit garçon de quatorze ans, campé sur le tapis, les tempes prêtes à se faire la belle, larmes aux yeux. Michel prend le journal et le broie entre ses mains.

— Viens, Simon, assieds-toi avec nous.

18.

J'ai quelques scènes sur moi qui sont des affrontements, comme dans la nature. Dans mon diverticule axial, j'ai deux bouquetins qui se font face. C'est une façon de déterminer entre deux mâles lequel sera le plus fort.

Quand je parle de la grotte avec lui, toujours on boit un café et on mange du chocolat. Pas forcément dans cet ordre. Et toujours la Shoah revient au galop. C'est comme si elles étaient liées, soudées, des sœurs siamoises, l'une magnifique, bouleversante, l'autre immonde, difforme. Simon, c'est quelqu'un qui affronte tout aussi bien la chance qu'il a eue à Lascaux et l'injustice qu'ils ont subie sa famille et lui. Et cette forme d'affrontement entre la lumière et l'obscurité, entre la joie pure et la tragédie, est digne d'un personnage de roman.

— Mon père habitait au-dessus de la boutique des Champs-Élysées, on y habitait tous. Son gérant, Jacobi, lui a dit : « Écoute Michel, ne viens pas à la boutique parce qu'ils vont t'arrêter. Va ailleurs, je t'apporterai les sous, on prendra rendez-vous au Trocadéro. »

Alors mes parents ont loué un autre appartement dans le IXe arrondissement, pour changer d'adresse. Et lors du rendez-vous entre Jacobi et mon père pour récupérer de l'argent, son argent de sa boutique, la police l'attendait là-bas au Troca. Jacobi avait porté plainte pour abus de confiance et escroquerie. Alors mon père s'est retrouvé condamné à Fresnes. Je suis allé le voir. Mais, comme il était juif, à la sortie de la prison de Fresnes, ils l'ont pris, ils l'ont envoyé à Drancy, et de Drancy, après il a été déporté à Auschwitz.

Je suis bouche bée.

— C'est donc son gérant, à mon père, qui l'a dénoncé. (La voix change.) Un mutilé de la guerre de 14, qui était un traumatisé de la guerre, et mon père l'avait pris sous son aile, pour s'occuper des magasins.

— C'est affreux…

— Un bon Français, hein ? Mutilé de la guerre de 14, qui a dénoncé mon père.

Je ne réponds rien.

— Et je vais vous dire quelque chose, je suis pas pour la peine de mort, mais quand à la fin de la guerre, les FFI savaient qu'il avait dénoncé mon père, ils ont été chez lui pour l'emmener, la question a été posée : Qu'est-ce qu'on fait ? On le tue ? Et nous, ma grand-mère, ma fratrie, on n'a pas voulu.

La voix de Simon s'assombrit :

— Je regrette… Dans mon imaginaire je dis : Tu vois papa, on t'a défendu. Mais nous, on est pas des tueurs.

Je reste encore sans voix.

— À la Libération, tout le monde dénonçait les gens : « Il – ou elle – a dénoncé des juifs ! » Les FFI les mettaient quelque part, ceux qui avaient collaboré étaient tués, vous voyez. Nous, on n'était pas pour la mort, on venait de subir pendant quatre ans les horreurs de la guerre.

— Vous vous rappelez un souvenir joyeux avec votre père ? Quelque chose de vraiment immense, quoi.

— Oui, notre dernier tour en voiture.

Paris, 30 juin 1937

Bien avant que cet arnaqueur de Dorover, avec son costard, essaye de refourguer sa Rolls moisie à Simon, il y a eu la vraie Rolls du paternel. De toute façon, Simon, les voitures, désossées ou non, il les aimait toutes. On aurait dit, et ça déjà depuis tout petit, qu'elles roulaient dans la rue pour qu'il les reluque. Très vite il en avait déduit qu'elles l'aimaient aussi. Leurs immenses yeux-phares, leurs cambrures bombées, leurs roues énormes, de belles allumeuses. De son côté, Michel n'était pas en reste, il aimait les belles bagnoles, et partageait les silences émerveillés de Simon quand ils en voyaient passer une. Le gamin, alors qu'il était en train de trimer sur un problème de mathématiques, entendit un coup de klaxon dans la rue. Puis un silence. Puis rebelote, encore le bruit qui claironne. Alors, il se lève de sa chaise et regarde par la fenêtre. Sur les pavés, dans sa rue, son père assis dans une Rolls noir et blanc. Béret vissé sur le crâne, il fait signe à son fils de descendre. Le gamin court, trébuche sur le tapis du salon, met ses chaussures sans les lacer, et se précipite dans l'escalier de l'immeuble. C'est là qu'il est tombé la tête la première sur les marches en pierre. Il eut quelques secondes dans le brouillard et se releva, la bouche en sang. Une de ses dents de devant était brisée. Il ouvrit la portière en hurlant à son père : « Sauve-moi, papa. » Michel prit le môme, le mit directement sur le siège passager, sans le présenter à Simone, le nom qu'il avait donné à la voiture, splendide, magistralement grande, et l'emmena directement à l'hôpital. Simon hurlait et pleurait en même temps, recrachant dans ses mains des petits bouts de dent ensanglantés. Le père était paniqué, et Simone, elle, allait être tachée, ses sièges foutus, marqués à vie par l'accident. Petits crachis colorés. Simon a été pris en urgence, le médecin et un jeune assistant lui ont examiné la bouche, puis palpé le crâne.

— Vous voyez, Martin, il n'y a rien au niveau pariétal ni au niveau du rocher. Il n'y a que la bouche qui a pris. Une dent de devant cassée, tu vas t'en remettre, petit !

Michel voulait emmener Simon à Deauville et y manger une glace, mais finalement, à sa sortie, ils firent le tour de Paris.

Simon, qui était un bavard, avait dû faire, pour une fois, vœu de silence, à cause de la compresse contre sa dent. Il regardait les lumières de la ville, émerveillé par le paysage urbain sombre et coloré. Ce premier silence forcé lui avait appris à contempler. Ce voyage en voiture avait comblé toutes ses espérances. Plus tard, le sang sur le siège, qui avait noirci, dessinait des formes étranges sur le cuir.

— Regarde 'pa, on dirait une licorne, avait-il remarqué.

19.

Nous, toutes les grottes ornées par l'homme, nous nous connaissons. Même à des milliers de kilomètres, même ensevelies, même bouchées, ouvertes, dégradées par les millénaires. L'art nous lie. Nous avons toutes été sa compagne pendant que les artistes agissaient par lui. Depuis nous sommes toutes amies.

— Et si c'était quelqu'un ? S'il fallait la personnifier ?

— Ce serait une amie, voyez.

Avoir une grotte comme amie… Qui plus est celle de Lascaux, existe-t-il une amitié plus poétique, plus profonde et fidèle que celle-là ?

— Elle l'est encore ?

— Oui.

— C'est une femme, alors ?

— Oui.

Il réfléchit.

— C'est peut-être parce qu'on dit « la » grotte que je dis ça, je ne sais pas, mais c'est le féminin qui me vient. Vous posez de drôles de questions. On ne me les a jamais posées !

On se regarde, je ne dis rien. « Une amie », il répète sans plaquer sa main sur son pansement, sans le son. J'imagine que sa voix, la vraie, est à

Lascaux : les mots « une amie » résonnent dans les salles et affolent les animaux.

— Cette amie, elle était à Drancy ?

Sa main se pose sur sa gorge, il prend un air songeur, puis :

— Oui.

— Les animaux y étaient aussi ?

— D'une certaine manière, oui. Mais c'était même nous les animaux.

Lettre perdue de Jacques à Simon, 20 octobre 1942

Mon cher ami et frère Simon,

Je m'étonne de ne pas avoir de tes nouvelles, j'espère que ta famille et toi vous allez bien, avec tout ce qui se passe en ce moment… Toutes les lettres que je t'ai écrites me reviennent, celle-là va aussi me revenir (et bim !), tu as dû changer d'adresse. Pourquoi je continue à t'en envoyer quand même ? Ben, parce que tu me connais, je suis idiot quand ça m'arrange ! Et quand elles me sont retournées, j'ai toujours l'impression, l'espoir, que ce soit une réponse de toi…

La grotte va bien, nous la gardons, nous dormons à côté d'elle dans des tentes. Des journalistes, des curieux, des scientifiques, enfin du monde quoi, ils viennent tout le temps la voir maintenant. Nous la surveillons bien, t'en fais pas pour elle, elle est bichonnée. Le temps est suspendu ici. Tu devrais revenir. Pourquoi tu reviens pas, d'ailleurs ?

Je te l'ai dit dans une autre lettre, mais quand même je veux que tu saches ce qu'on a fait pour elle. On l'a montrée à notre ancien instituteur, enfin, il a pas voulu venir tout de suite, il a cru qu'on lui faisait une blague... Tu le crois, ça ? Moi, faire une blague ? Bon, c'est pas totalement impossible, ça aurait pu être un canular, ça j'sais faire, mais, du coup, il a demandé à un de ses anciens élèves, un certain Georges (oui, il y a deux Georges dans la grotte maintenant, c'est trop, mais bon) de venir faire des croquis. Grâce aux dessins, il a été convaincu, évidemment les lèche-bottes on les croit toujours, et il est venu la voir. Je te jure, il a fallu presque le pousser pour qu'il descende, il a pas aimé être griffé par des ronces, il est même remonté le visage en sang, il avait peur. Madame Baudry, tu sais la paysanne qui habite pas loin de notre bagnole et de la grotte, celle qui coupe les têtes de ses poules et qui les regarde courir après, Mamie Béton comme on l'appelait, elle était là, c'est même elle qui avait jeté un âne mort dedans y a longtemps, et elle a dit : « Ben moi, j'y descends voir. » Alors évidemment, monsieur Laval, l'instit, il y est allé, il était déconfit qu'une femme paraisse plus qualifiée que lui pour entrer dedans... Quand il est arrivé à l'intérieur, il a lâché : « Oh merde ! » C'est pas le premier gros mot qu'a entendu la grotte, je te l'accorde, mais j'avais jamais entendu un professeur dire ça avant... Et depuis, il donne des conférences dedans, y a des scientifiques qui viennent, c'est complètement fou. On fait payer 2 francs l'entrée, ça fait des ronds.

Tu me manques, Simon, quand est-ce que tu reviens ? On vendra pas la Rolls sans toi, et je suis amputé de ta présence (c'est beau hein ? Je fais des métaphores maintenant, comme il dit le Agniel…).

On t'embrasse, la grotte, les copains et moi.

Jacques Marsal
P-S : merci pour les BD.

20.

Les mondes souterrains, 21 octobre 1942

— *17 000 ans que tu n'es pas revenu, sois le bienvenu.*

Elle envoie un vent chaud vers lui.

— *Tant de siècles sont passés sur toi et tu n'as pas changé. Une beauté intacte, pure, originelle. Tu me manques. Tu m'as manqué.*

Elle ne répond pas. Il dit :

— *Souvent j'ai pensé à toi, nous avons été un couple-métamorphose magnifique et grandiose.*

— *C'est vrai, mais je n'ai pas le goût du passé en ce moment, Art, je m'occupe de mon troupeau depuis que tu es parti… Te le rappelles-tu ? Crois-tu que ça a été simple, toute seule avec des centaines de bêtes et un homme ? !*

Il ne répond rien, puis :

— *J'ai entendu ton appel.*

— *C'est vrai, je t'ai invoqué. L'Art.*

— *Et je suis venu.*

— *Et tu es venu.*

— *Je te suis fidèle.*

— *Pourtant tu en as courtisé bien d'autres !*

Un silence.

— *Ils ont voulu me faire taire tu sais, m'intimider.*

— *Je sais, moi aussi.*

— *Ma Grotte, il y a eu une exposition, « L'art dégénéré », en 1937. Comme si je pouvais l'être ! Ils m'ont réduit presque à néant. Chagall, Kokoschka, Kandinsky, Mondrian, les plus grands artistes considérés comme des criminels et des fous. Mais grâce à toi, à ton ouverture, je renais de mes cendres.*

— *Elles étaient encore chaudes.*

— *Je ne suis pas seul, j'ai une armée, tu sais ?*

— *Qui est avec toi ?*

— *La création, la survivance, la houle cosmique, et toi, l'esprit des cavernes. Nous nourrissons l'âme des déportés. Tu as ouvert un deuxième monde, celui qui laissera une trace et qui survivra.*

— *Je l'espère.*

— *As-tu vu leurs camps ?*

— *Non, mais les animaux y sont.*

— *Tu les as envoyés ?*

— *Bien sûr.*

— *Là-bas, les yeux sont des maisons sans fenêtres et les corps des trouées d'os. Les os s'asseyent dans les corps, prennent une autre place, attendent tous un banquet et demandent poliment le menu. Mais rien. Alors, on avale ce qu'on trouve. Même la brume du petit matin, ils la bouf-*

fent. Rêve d'une lumière coulant du ciel qui ferait une intraveineuse de tendres sentiments et d'aliments nourrissants, épais, qui combleraient les trouées d'os.

— Et dire que le terme « empathie » vient de l'allemand Einfühlung... *Qu'arrive-t-il à l'homme tout à coup ?*

— Je ne sais pas.

— C'est affreux...

— Je vais leur rendre la vraie Beauté, celle qui empêche les massacres, celles qui éloigne les fantômes.

— Si seulement c'est encore possible.

— Ça l'est, j'ai commencé, écoute : on joue Roméo et Juliette *à Treblinka déjà. Un petit garçon, Hanus Hachenburg, est en train de penser à écrire une pièce à Theresienstadt. À Bergen Belsen, des enfants chantent des comptines et font des sketches, une opérette est en préparation à Ravensbrück, On dessine à Buchenwald, on fait des graffitis à Drancy.*

— Ne perds pas de temps, quitte-moi, pars faire renaître le monde.

— J'y vais, prends soin de toi, Grotte. Ma grotte.

— Allez, pars enfanter pour nous. Quitte-moi encore une fois. Une dernière fois.

Le génie de l'art pariétal, au fond, c'est qu'on ne saura jamais pour quelle raison il a été créé. La beauté des cavernes décorées, c'est aussi ce renoncement-là : ne pas en savoir plus. Dès lors, on peut tout imaginer, le champ des possibles est sans limites. De toutes les hypothèses (lieu consacré au chamanisme, à des rituels de passage, sorte de sanctuaire sacré, etc.), une qui m'a paru étonnante : les animaux de Lascaux auraient été peints selon l'emplacement des étoiles. Une sorte de constellation animale…

— J'avais l'étoile, je l'ai jamais mise.

— Pourquoi ? j'ai demandé à Simon.

— Je me rappelle qu'il fallait donner un morceau de tissu et on vous fabriquait votre étoile avec. La peur au ventre, quand on voyait un inspecteur avec une gabardine et un chapeau dans la rue… On avait la frousse, parce qu'ils arrêtaient les juifs comme ça.

— C'était risqué de ne pas la mettre, au fond.

— Oui, mais heureusement que je m'y suis refusé. D'ailleurs, ça a servi. Une organisation juive m'avait placé chez quelqu'un, et, entre-temps, j'avais travaillé au garage Royal chez des Allemands, c'est pour cela que je mettais pas mon étoile. Et c'est pour ça qu'on un jour, dans ce garage, on m'avait remis un tract.

— C'était quoi ? Vous vous en souvenez ?

— Non. C'était un ramassis d'horreurs.

J'ai cherché les tracts qu'on distribuait dans les rues et les commerces à l'époque.

Je ne sais pas si c'est celui-là que Simon a eu entre les mains, mais j'en ai retrouvé un reproduit dans un livre :

Faites-leur porter l'étoile de David ! Comme nos pères, nous devons mettre fin à leur abominable trafic ! Révisons d'abord les naturalisations ! Appliquez-leur le statut des étrangers ! Saisissons leurs biens au profit des victimes de la guerre et des sinistrés. Et obligeons-les à porter enfin – bien en évidence sur leurs vêtements – le signe distinctif de leur véritable identité... Du jaune sur leurs habits, d'urgence, si nous ne voulons pas comme le disait notre Edmond de Goncourt être bientôt nous-mêmes « domestiqués et ilôtisés » !

Huitième ordonnance du 29 mai 1942

« 1. Il est interdit aux Juifs, dès l'âge de six ans révolus, de paraître en public sans porter l'étoile juive.

2. L'étoile juive est une étoile à six pointes ayant les dimensions de la paume de la main et les contours noirs. Elle est en tissu jaune et porte, en caractères noirs, l'inscription : "Juif". Elle devra être portée bien visiblement sur le côté gauche de la poitrine, solidement cousue sur les vêtements. »

Neuvième ordonnance des mondes souterrains

« 1. Il est interdit aux hommes, dès l'âge de raison (ou non), de paraître en public sans porter sa bonne étoile.

2. La bonne étoile est une étoile à plusieurs pointes, c'est selon, ayant la dimension qu'on lui accorde dans sa propre existence, elle peut aussi bien tenir dans la paume d'une main que mesurer plusieurs mètres. Elle est tissée en vous, et porte, en caractères noirs, l'inscription "Fatum". Elle doit impérativement être portée bien visiblement, sur le côté gauche de la poitrine, soit sur le cœur, même si en vérité il est au milieu. Ne la perdez pas, ne l'oubliez pas, ne la prêtez pas, personne ne peut la mettre pour vous. Elle saura vous faire faire les bons choix. »

21.

Vous savez qu'on m'a recopiée trois fois, moi je suis Lascaux I. Il y a Lascaux II, mon premier fac-similé, à mes côtés, dans la forêt, et Lascaux IV, le Centre international de l'art pariétal. Je suis sans doute l'œuvre d'art la plus refaite, je suis tellement belle que vous devez me voir absolument. Je suis même classée :

« Patrimoine mondial. L'inscription sur cette liste consacre la valeur universelle exceptionnelle d'un bien culturel ou naturel afin qu'il soit protégé au bénéfice de toute l'humanité. »

Et le plus prodigieux, c'est que je viens jusqu'à vous, je suis capable de bouger avec Lascaux III, je danse pour vous dans le monde.

Quand j'arrive chez Gisèle et Simon, dans l'entrée je regarde toujours la même image : une carte de vœux encadrée. Je suis obligée de lui jeter un coup d'œil. Elle représente Jacques Marsal, qui semble avoir une quarantaine d'années, montrant un cerf de la grotte ; dessus, il est écrit à l'ordinateur : *Bonne année, Simon !* J'imagine Jacques Marsal adulte, devant son écran en train de fabriquer cette image pour Simon, je trouve ça adorable. Bref, je salue Jacques sur sa carte et j'arrive dans le salon. J'ai une question à poser à Simon :

— Et votre arrestation ?

— Mon arrestation… Mon frère était malade, il m'a dit, Simon, va dire à mes copains que je peux pas venir au cours de danse. Moi je suis allé voir ses copains, et ils ont dit, ben tu viens avec nous. J'ai répondu, non, moi je veux pas. Ils ont insisté, si, si, tu viens avec nous, et je suis parti avec eux. C'était un cours de danse de Jacques Bens, il s'appelait le gars. C'était un champion du monde de claquettes, et mon frère c'était un amoureux de la danse. Quand il était petit, ma mère jouait des castagnettes et il dansait.

— Et c'était en bas de chez vous, alors, qu'on vous a arrêté ? Pendant que vous parliez avec les copains de Maurice ?

— Oui, on était en train de partir, et j'ai senti une main sur mon épaule.

Paris, 19 novembre 1942

— La main sur l'épaule, là ! Corinne, vous vous moquez du monde ou quoi ? !

— Pardon, m'sieur Bens…

— Est-ce qu'on a déjà vu une danseuse de claquettes se caresser comme ça ? (Il l'imite grossièrement.) Se toucher les épaules et puis quoi après ? Mettez des épaulettes, je ne sais pas moi ! Ne touchez à rien ! Vos bras suivent votre corps, c'est pas compliqué ! Et vous, Janine, vous imaginez que je ne vous vois pas ! Vos pieds, on dirait des pierres lourdes et molles à la fois. On reprend ! Trois, quatre…

Jacques Bens, champion du monde de claquettes en 1930, grand, mince, smoking, fleur rouge à la boutonnière. Il dispense ses cours à des corps parisiens malhabiles et à la vitalité discutable. Ils se traînent et ça le rend fou. Maurice, son meilleur élève, n'est pas encore arrivé, lui et sa troupe de potes… Avec eux au moins, il respire un peu, ils savent bouger et le font marrer continuellement. Ce qui n'est pas une mince affaire.

— Allez, on reprend, et en rythme, si toutefois ce n'est pas trop vous demander…

Et il s'élance devant le grand miroir et tape des pieds avec grâce. On dirait qu'il vole. Pas de biche et battements d'ailes.

Simon, assis au bord du lit, regarde Maurice, fiévreux, enfoui sous les draps.

— Ça va aller frangin, c'est rien…

— J'sais bien, j'ai pris froid, c'est tout. Va dire aux autres que la danse pour moi, là, tout de suite, c'est impossible… Dis-leur que je les rejoindrai demain aux tuyaux, d'ac' ?

Ce que Marcel appelle *les tuyaux* c'est un chantier abandonné vers Barbès où des tubes de béton gigantesques attendent qu'on les place dans le sol. Maurice et ses potes s'y glissent et refont le monde, planqués à l'intérieur.

Simon descend l'escalier, les amis sont là en train de fumer des cigarettes devant la porte d'entrée de l'immeuble.

— Salut Simon, ça va, toi ? balance Antoine.

— On est à la bourre là, le Bens va nous secouer, il fait quoi ton frère, du tricot ?

— Il m'a envoyé, il a pris froid hier soir, il est au lit, il peut pas venir, les gars.

— Quelle chiffe molle ce type..., a dit Corentin.

— Ben, viens à sa place, allez !

— Gardez vos places ! Mais c'est insensé ! Restez sur vos croix au sol, enfin ! et on attaque les seize mesures, maintenant ! Pour la énième fois, re-gardez-moi, lance Jacques Bens.

Quand il danse, il disparaît derrière elle, la danse, la laisse s'intégrer à lui, à ses pas, au mouvement total de son être. Alors, évidemment, quand il montre ses mouvements aux élèves, il est emporté et, peu à peu, il ne reste plus que le bruit de ses propres claquettes.

— Vas-y, viens, Simon, te fais pas prier ! le relance Antoine.

— Faut le voir ce type, attends, Bens, c'est un grand !

— J'sais pas, j'ai pas envie, vous me raconterez.

— T'es comme ton frère quoi, une chiffe molle, viens on te dit, y a des filles en plus.

Ça laisse à réfléchir... Simon ne sait pas qu'il y a Corinne, l'épaule vagabonde, et Janine, les pieds cimentés. Ça fait déjà rire les amis de Maurice d'imaginer la tête déconfite de Simon devant elles, les potiches du cours.

— Non, mais je vais rester avec Mau...

Et c'est là qu'il a senti une main se poser sur son dos. Feu de forêt. Propagation, dans le sang, dans la salive et sur les figures des copains en face de lui. Cœur battant, hurlement à l'intérieur.

Mille deux cents battements à la minute, voilà de quoi est capable Jacques Bens. Le seul au monde à savoir faire ça. Il danse au milieu de la salle, faisant résonner ses chaussures claquantes sur le parquet en bois. On danse pour oublier, s'oublier, investir une partie de soi qui ne demande qu'à sortir. Élancement, mouvement, naissance d'un soi emporté par un rythme, cherchant à y demeurer le plus longtemps possible, pour vivre au paradis sans y avoir été invité, sans y être mort.

Simon se retourne, un type en gabardine devant lui. Minuscule joie : si ce n'était pas lui, ça aurait été Maurice. Fragilité de l'immensité solide du monde. Rien ne tient à rien. Jacques Bens et ses milliers de battements, c'est rien, face aux battements dans son corps à lui, dix-sept mille battements, des siècles, là, tout de suite.

22.

J'ai un rhinocéros laineux dans mon puits. Sa race s'est éteinte, il y a des millénaires.

Il est très discret par rapport aux autres animaux peints sur moi, pourtant, dans la nature, il était très imposant. Il pouvait peser plus de deux tonnes et son lainage noir emmitouflait son gros ventre. Une pure merveille, pas aussi beau que le mien, mais, quand même, il était magnifique.

Ce que me donne Simon, sa parole offerte, ses souvenirs, tout, cette forme d'offrande pure, si j'y pense trop, ça me fout en l'air. Ses mots, ce sont des cadeaux qu'il m'offre, et moi je dois en faire de l'écriture, dessiner une frise de Simon. Lui poser des questions, de plus en plus intimes, c'est difficile, mais je m'y oblige en me rappelant ce qu'il m'avait dit lors de notre première rencontre : « C'est bien quand on parle, parce que ça sort. »

— Votre premier jour à Drancy, vous pensez à quoi, à qui ?

— À ma famille, à mes parents, à mes amis… La guerre devenait réelle, vous voyez.

— Je vois…

— Avec Jacques, on avait vu des camions de l'armée qui passaient dans Montignac pour rejoindre Paris.

— Et est-ce que vous jouiez à la guerre, du coup ?

— On est même entrés dans un camion, on a piqué un revolver… parce que Jacques c'était un fameux… Oh, là là ! Et après, c'était mon meilleur copain.

— Normal !

Montignac, 14 août 1940

Les soldats viennent de s'arrêter dans le village de Montignac. Ils ne savent même pas où c'est ce bled-là. Monti quoi ? Montignac, on a dit. Bientôt le monde entier connaîtra ce nom, mais là, aussitôt est-il prononcé, qu'il est oublié. Ils doivent rejoindre la capitale, ils en sont encore loin, alors ils vont camper dans les bois avant de repartir le lendemain, ici à Monti-truc. Tous les enfants sont venus voir les camions gris, et les hommes en uniforme. Pour eux, c'est un spectacle. Alors ça imite dans tous les coins, ça joue à la guerre, ça ramasse des branches, et ça se tire dessus à tour de bras. Les mitraillettes imaginaires sont chargées : *Ta, ta, ta, ta, ta !* Simon et Jacques regardent faire les militaires de loin, tout en reluquant les enfants. Ils sont assis sur un muret au bord de la Vézère.

— Des ringards, ouais ces gosses…, dit Jacques.

— Et comment, répond Simon.

Mais, quand même, ça les démange de jouer au soldat, à exploser sur des bombes, à ramper dans la boue.

— Tu veux que je te dise ? lance Jacques à Simon.

— Oui ?

— On va faire mieux qu'eux.

De toute façon, ils faisaient toujours mieux que les autres, pour la simple et bonne raison que cette amitié-là, elle faisait battre un même cœur dans deux poitrines. De la joie épaisse entre eux. Jacques a sauté du mur et s'est élancé face au camion, puis il a commencé une inspection en règle. Devant l'échappement, il a reniflé l'essence puis il s'est agenouillé près des roues avec un air pensif. Simon est derrière lui, il le suit de près, ne le quitte pas. Au loin, un soldat s'avance vers eux, les garçons le regardent avec aplomb. L'homme est énorme, massif, avec des cheveux noirs et épais. On aurait dit que ses pas faisaient trembler le sol.

— C'est quoi ça ? un rhinocéros, bon Dieu ? lâche Jacques.

— J'sais pas ce que c'est, mais j'aurais pas envie de me battre contre lui…

— Simon, occupe-le, ce type, t'es d'ac' ?

Pas le temps de répondre à la question, qui était plutôt un ordre d'ailleurs, Simon s'avance vers l'homme-bête :

— Bonjour monsieur (le rhinocéros), c'est un beau camion que vous avez là !

En entendant cette phrase affligeante, Jacques lève les yeux au ciel, tout en se dirigeant vers l'arrière du camion.

— Il te plaît ? Tu veux le visiter ? demande le militaire.

Jacques a déjà soulevé une bâche, sauté à l'intérieur, et trifouille dans des malles en fer.

— Euh, non, je voudrais pas abuser de votre bonté… Vous avez autre chose à faire.

— Là, je ne fais rien, je dois garder le camion, c'est tout, allez, viens. Tu as déjà vu des armes ?

— Non, pas vraiment…

Jacques les entend arriver… Panique à bord, je répète, panique à bord ! Il se jette au fond, derrière des cantines. Simon est à deux doigts de saigner du nez, il tape sur la carrosserie pour prévenir Jacques.

— On peut dire que c'est de la bonne machine, ça, hein ? crie-t-il.

Arrivé à l'arrière du fourgon, le soldat lui dit, tout en ouvrant une caisse :

— Jette un œil là, gamin.

Simon ne regarde même pas ce qu'il y a dedans, il inspecte l'intérieur du camion, ne devine pas Jacques, se demande où il a pu se cacher et s'il ne va pas se trouver dans une des boîtes en fer que le soldat ouvrira… Le soldat se retourne vers Simon et, tout en refermant le coffre, lui dit :

— En fait, petit, je me trouve con de te montrer des armes… C'est pas un endroit pour un gosse, ni pour personne d'ailleurs.

Simon descend du camion, reprend sa respiration, Jacques arrive, l'air de rien :

— Mon général ! et il fait un salut militaire.
— J'suis pas général, gamin !!!
— C'est pas à vous que je parle, je parle à mon ami.

Simon a dit au revoir au soldat, et ils ont filé dans la forêt avec le butin en poche.

23.

Les scientifiques, lorsqu'ils se sont jetés sur moi, ont fait toute sorte de tests. Il y en a un en particulier que j'ai adoré. Pour calculer la vitesse des courants d'air qui me traversaient, ils ont lâché des ballons gonflés à l'hélium. C'était magnifique, ils volaient partout, j'étais devenue une fête foraine, une expérience fabuleuse.

— Ma mère, elle était de la Grèce, Salonique, ma grand-mère était turque, mes frères et sœurs étaient nés en France et moi aussi. Comme ils arrêtaient les Grecs, ils sont venus chez ma grand-mère chercher ma mère.

— Oui…

— Et là ils ont emmené tout le monde au commissariat du XXe, et l'inspecteur, il a dit : « Mais on n'a pas d'ordres pour les Français, ni les Turcs, c'est simplement les Grecs » et c'est là qu'ils l'ont eue.

— Votre famille a vu votre mère rester au commissariat, ne pas en repartir.

— Oui.

— Moi j'suis sorti après, parce que là, j'étais déjà à Drancy. Ce que je vous raconte, c'est ce qu'on m'a raconté. Et quand je suis sorti, une de mes tantes a dit : « Maintenant, faut pas rester là-bas, on va aller habiter ailleurs », et elle a loué des combles, 24 rue

Rodier, les trucs de femmes de ménage, de bonnes, vous voyez.

— Pour se cacher.

— Oui, pour se cacher.

Il se lève, parce que sa trachéo lui fait mal. Il tousse. On arrête là notre conversation et on mange des marrons glacés. Après cette dégustation, je pars. Je me retourne vers lui, devant sa porte d'entrée :

— Il n'y a pas de sol dans les dessins de la grotte.

Il me regarde sans comprendre, et il a raison, je m'exprime très mal.

— J'veux dire, les animaux sont peints sur les parois, mais il n'y a pas de paysages avec eux, derrière eux, c'est étonnant, non ? Ça me travaille, ça… on dirait qu'ils peuvent sortir, qu'ils sont libres… Où vont-ils ?

Simon m'a regardée et j'ai su.

Paris, 19 octobre 1942

Ça a commencé à ce moment-là, sur la route pour aller au commissariat.

— Maurice, dépêche-toi !

Le flic est avec eux, il les accompagne. Ils sont tous là, la grand-mère, Victorine, Maurice, même Éliette, la petite sœur, en train de marcher parmi la foule. Les uns derrière les autres, en file indienne. Les gens de la rue les dévisagent, ces gens qui se sentent peu concernés et qui les toisent. Des regards accusateurs, doux, humiliants, ou compatissants. Pas le temps de faire le tri. Hier, Victorine, par son élégance, poussait les hommes et les femmes à se retourner sur son passage ; aujourd'hui, elle est une pestiférée. Le policier se rapproche de Maurice, le voyant blafard, et lui dit :

— Je suis désolé, c'est juste un contrôle de routine, ne t'en fais pas, va.

Mais Maurice ne peut pas s'empêcher de marcher à reculons, tétanisé. Il murmure :

— C'est pas possible.

— Ben si, mon grand, c'est possible, viens, dit le flic.

Face à Maurice, au milieu du trottoir, flottant au-dessus du sol comme un ballon gonflé à l'hélium, le fixant, le cerf aux treize flèches de la grotte. Deux mètres de haut. Monumental. Là, sur la place Gambetta. Ses couleurs, rouge et noir, apparaissent et disparaissent sur son corps. Oreilles en pointe, yeux en amande, les flèches dessinées entrent et sortent de sa robe. L'animal descend la tête, ouvre la bouche et tire la langue à Maurice.

— Maurice, enfin... Le policier est déjà gentil avec nous, allez... Excusez-moi monsieur l'agent, mon fils ne se sent pas très bien, c'est compliqué cette situation.

— Vous inquiétez pas, madame, y a pas de mal.

Puis le cerf passe à ses côtés, et laisse une traînée colorée dans l'air. Poussière d'ocre et de manganèse brillant. Il se dirige vers le mur du commissariat et s'arrête net. Il arrache une affiche en papier et la mâche doucement en secouant la tête.

Avis aux juifs : il est défendu aux juifs de franchir la ligne de démarcation pour se rendre dans la zone occupée de la France. Sont reconnus comme juifs ceux qui appartiennent à la religion juive, ou qui ont plus de deux ascendants juifs sur la génération des grands-parents. Sont reconnus comme juifs les grands-parents s'ils appartiennent ou appartenaient à la religion juive.

Toute infraction au présent arrêté sera punie d'emprisonnement ou d'une amende. La confiscation des biens pourra en outre être prononcée.

Ça a commencé comme ça, sur la route du commissariat.

24.

Quand un geste est beau, il est transmis de génération en génération. Les Néandertaliens, ceux qui m'ont gravée, étaient des migrants, des étrangers au départ. Et dans ces années quarante, lors de ma renaissance, des gens considérés comme des étrangers ont été parqués dans des camps. La gravure, son geste, celui que je porte en moi, est toujours en vous, et sur les murs de Drancy des mains inquiètes y ont eu recours. Quand un geste est beau, il est transmis de génération en génération.

LA VIE FUT BELLE EN CE PAYS
OÙ JE N'AI PLUS LE DROIT DE RESTER
(illisible) CHOSE TROP JOLIE
DOIT UNE FOIS CESSER
ADIEU, OH PAYS DE MA JEUNESSE
W. S., 1er septembre 1942

FAMILLE JACQUES ROGENSTEIN
4 novembre 1942

PEPI, 10 JANVIER *(illisible)* 1250

(partie illisible) 13.11.43 PARIS XVIII
(partie illisible) le 6.12.43 *(partie illisible)*
UNE DESTINATION INCONNUE
ON AVAIT UN TRÈS BON MORAL

— Quand vous arriviez à Drancy, les bijoux, l'argent, ils vous prenaient tout, et vous faisaient un reçu, alors les gens, bon ben, ça les rassurait. Mais en fait ils allaient mourir. C'est la police française qui était avec les nazis, ils partaient avec des paniers entiers de montres, d'objets en or et en argent, incroyable ! Et à tous ceux qui rentraient, ils faisaient un reçu, le reçu de la mort. Y en avait qui restaient là-bas, provisoirement, y avait des rafles, après y avait un wagon qui partait à mille personnes. On leur mettait deux seaux d'eau.

Drancy, 21 novembre 1942

L'homme, le Magdalénien, il a fallu qu'il rampe, qu'il s'essouffle, qu'il s'égratigne le corps entier, se sente presque enfermé, clôturé totalement pour dessiner dans les cavernes. Qu'il mette sa peau, ses os, ses organes au service de l'art pour réaliser son œuvre. Qu'il se métamorphose en créature hybride, mi-homme, mi-ver de terre, se prive du jour des heures durant, et ressorte le soir, on imagine.

À Drancy, l'homme moderne est transformé en créature voûtée, en attente. Simon est parmi eux, il travaille la journée pour les policiers. Il range, il nettoie, il fait ce qu'on lui demande. Il a quinze ans, bientôt seize. Et le bruit court que les internés au-dessous de seize ans seront libérés.

La nuit, il est parqué dans le dortoir des enfants, ils sont une centaine à y dormir. Cent petits corps, cent petits cœurs, foies, squelettes. À la question de Jeannot, « Est ce que les cauchemars rêvent ? », Simon a la réponse, c'est *oui*.

Ici, c'est un endroit rêvé pour les cauchemars. Ils ne prennent même plus le temps de passer par le sommeil.

Simon et les mômes dorment sur des paillasses, par terre et, devant les portes, il y a des seaux en guise de toilettes. Ils sont au troisième étage, certains n'ont que quatre ans, alors ils ne peuvent pas descendre seuls les escaliers sans se fracasser, c'est pourquoi les seaux. Pourtant, il y a un risque de fracassement malgré tout, tenace, rampant, même avec la précaution des seaux. Seaux, gosses, silence gueulard, peur nomade qui bouge, agitée, sol froid, être cabossé, le chant du dehors. Creuser la vie jusqu'à une autre, renoncer. Le désastre, son sceau partout, son écriture.

Un mot est sans cesse prononcé et dissèque les nuits. Un seul, la nuit. *Maman.* Ça hurle le nom sans arrêt, et ça devient contagieux comme les poux, le premier « maman ! » lancé, d'autres et encore d'autres suivent, un arrache-cœur. *Maman.* Ce chant, un leitmotiv. Simon se souvient tout à coup que, dans la grotte, il y avait un autre leitmotiv : un bovin et des petits chevaux. Partout, ces mêmes images qui se faisaient elles aussi écho. Il se lève, essaye de calmer les gamins, comme chaque soir, sans y arriver. Il se dirige vers une fillette nouvelle :

— Hé, ça va aller, arrête de crier, ta maman va revenir, comment tu t'appelles ?

— Mon vrai ou mon faux nom ?

— Celui que tu préfères…

— Sophie.

— Alors, Sophie, arrête de hurler.

Et elle lui répond :

— Maaaaaaaammannn !

Suivie des autres, et des autres et des autres.

Tout à coup la porte s'est ouverte, la peur avec. Ils vont être battus, éclatés, dispersés aux quatre vents de la panique. Peut-être même, pour certains, placés dans la réserve, là où personne ne veut aller, car on n'en revient pas. Cent petits corps, cent cœurs, foies, squelettes à l'arrêt. Plus de « maman ». D'ailleurs, certains ne savent même plus qui est leur mère. Ils disent le mot, mais il n'y a plus de visage dessus.

Mamans défigurées, broyées par l'oubli, existantes sans exister. La porte toujours ouverte, un rugissement. Toutes les têtes rivées sur le trou noir dans le noir découpé de l'entrée. Beuglement. Des bruits de talons qui courent sur le sol. Des images les regardent. Image anagramme de magie. Le leitmotiv reste sur le palier, à faire ses bruits animaux et à regarder les enfants. Ils se décident à pénétrer dans la pièce, une vache et des chevaux, et encore une vache et des chevaux. Lascaux est là. Le spectacle est prodigieux, les dessins marchent vers les gamins paumés, une traînée pigmentée derrière eux. Les mômes se sont mis à sourire. Un sourire collectif. La joie, dans les petits cœurs, les petits foies, les petits squelettes. Certains chevaux se couchent près d'eux, d'autres se font caresser. Lascaux est là. Simon a les yeux déchirés, ils sont venus. Le dos montagneux des bêtes effleuré par des mains d'enfants. Les gamins touchent les contours aux traits noirs, brillants, posent leurs doigts sur l'arrondi des ventres des chevaux chinois. La couleur réagit, se vivifie et s'estompe. Ces dessins vivants ressemblent à leurs propres dessins, ceux qu'ils faisaient avant d'être emmenés là. Simon, lui, fait face au taureau rouge agenouillé de la grande salle. Cornes tordues, gros ventre, oreille sur la nuque. Sa grande queue bat et l'on devine encore le coup de pinceau. En caressant la peinture vivante devant lui, il voit l'image de sa mère à la plage de Berck, en toréador. Maman.

25.

Il y a des détails magnifiques sur mes dessins, qu'on ne peut voir qu'en s'y attardant. Les préhistoriens, ceux qui les ont calqués, tous les scientifiques en ont été fascinés. Par exemple, mes aurochs et mes bisons ont tous entre leurs deux cornes un chignon fait de petits traits.

Mes moments avec Simon ont toujours été des moments radieux, même quand ce qu'il me racontait était d'une immense tristesse.

— Simon, je vais vous poser une question qui sera peut-être un peu difficile.

— Posez-la, moi je peux répondre à tout.

— Le dernier souvenir que vous avez de vos parents et de vos frères et sœur ensemble ? Y a bien un souvenir, une dernière fois où vous les avez vus ?

— La dernière fois que j'ai vu ma mère, quand euh, la Grèce s'est mise en guerre contre l'Allemagne, ils ont ramassé les juifs grecs, et moi j'étais au camp de Drancy, puisque j'avais été arrêté avec les copains de mon frère.

Je hoche la tête.

— Et donc, ma mère, je l'ai vue arriver, et tout de suite j'ai été la voir, mais ils ont pas touché mes frères et sœur, ni ma grand-mère.

Simon enlève sa main de sa gorge pendant quelques secondes et reprend son récit.

— Le camp de Drancy, c'était divisé en deux : pour ceux qui arrivaient et pour ceux qui étaient déjà là. Et quand j'ai vu ma mère, quand j'ai été la voir, elle venait d'être arrêtée. Ma mère, ici, dans les pièces de Drancy, sur la paille, couchée sur la paille… Je voulais partir avec elle, moi, parce qu'on savait pas, on pensait qu'on allait travailler. Ma mère a dit : « Non, non, toi tu vas être libéré, sors, tu ne viens pas. Et puis ne t'inquiète pas, j'ai de l'argent, donc je suis tranquille. » On savait pas encore. J'ai fait ce qu'elle m'a demandé. Elle est partie avec l'idée qu'elle allait… la pauvre, quand ils sont arrivés là-bas, ils ont été gazés, puis ils ont été brûlés, alors.

Riboux (je sais que vous ne savez pas où c'est, c'est dans le sud de la France), 16 avril 2019

Je suis dans mon bureau où j'écris. Je fais une pause pour commencer ce chapitre. J'ai beaucoup de documentation sur Simon. Il m'a donné énormément de choses, intimes. J'ai des photographies de sa famille, ou de lui avec Jacques et Georges. Sur l'une, ils sont devant le panneau où il est écrit : GROTTE DE LASCAUX, DÉPARTEMENTALE 704e. Ils doivent avoir une soixantaine d'années, tous ensemble, Simon a un caniche noir qui n'a pas l'air féroce. J'ai une photographie de la malle de la grand-mère, des voitures de Michel, une de Maurice, des repas de famille, et celle de sa mère, Victorine. Elle est là, en face de moi, accrochée sur mon mur. Elle me regarde et je la regarde.

Sur mon bureau, il y a des bougies, des pierres ramassées dans les collines, une pigne de pin avec les pignons encore dedans, elle me rappelle l'enfance. Gamine, je les ramassais, sauf que j'éclatais la pigne et je mangeais les pignons. Ceux-là, ils me regardent écrire, me nourrissent différemment. Il y a aussi des fossiles d'ammonites qui datent de millions d'années, des coquillages, et Victorine, qui est en face de moi, accrochée au mur. En dessous, j'ai écrit sur un papier punaisé : *Mère : Victorine Coencas (convoi n° 44), 9/11/1942. Donc Simon la voit à Drancy entre le 19/10 et le 20/11/1942.*

J'ai envie d'écrire une scène avec elle et Simon, à Drancy, sur la paille. Avec tout ce que ça a de dramatique, tout ce que ça comporte de romanesque, d'historique, de fort, de bouleversant. Et je ne m'y résous pas. Parce que ça fait des mois que Victorine vit avec moi, tout comme Michel son mari, Maurice, Jacques, etc. Comprenez-moi, si vous deviez là, tout de suite, incarner un moment de vie terrible, que vous n'avez pas encore évoqué, et que cela ne tienne qu'à vous, le feriez-vous ? C'est impossible pour moi, parce que sur cette photographie elle est en vie. Putain, elle est en vie. Elle porte un grand manteau de fourrure et un manchon, en fourrure aussi, qui cache ses mains. De sa peau blanche, on ne voit qu'un de ses poignets et son visage. Elle sourit. Elle porte un chignon. Et elle est en vie. Elle pose sûrement pour un photographe professionnel, car le fond, derrière elle, semble être un décor. Elle caresse son visage avec le manchon. Elle est très belle, peu maquillée. Et là, tout de suite, je devrais l'incarner, en la faisant bientôt mourir. Tout ça parce que c'est du réel, parce qu'elle a été gazée, anéantie. J'y renonce. Je perds la bataille de l'écrivain. Il y a dans le renoncement quelque chose de plus fort que soi, qui est digne de confiance, et on se doit de l'écouter.

Simon, un jour, m'a dit ceci :

— C'est la première fois que je parle comme ça à quelqu'un. Des gens sont venus pour faire des livres mais j'ai toujours refusé. Sauf pour une bande dessinée.

J'avais répondu :

— Mais c'est fou… Je comprends pas pourquoi j'ai la chance que ça tombe sur moi.

Ensuite il avait dit :

— Y a une couronne qui tourne autour de vous.

— Vous croyez ?

— Faut y croire.

— Je vais être la reine de Lascaux ! j'ai balancé en riant.

Mais moi, maintenant, je sais qui est la reine de Lascaux. C'est Victorine. C'est elle, avec ses luxueuses peaux de bêtes, et son sourire. Elle est comme en vie, si on le décide.

26.

La dernière phrase que m'a dite un de mes enfants-inventeurs, je me la rappelle très bien. J'ai une bonne mémoire. C'était mon petit Jacques, qui n'était plus si petit d'ailleurs. Au moment où il a dû arrêter d'être mon guide, car j'étais malade, il m'a dit :

« On va te soigner, je ne suis pas loin, je ne te quitte pas. »

J'ai essayé de visiter la vraie grotte de Lascaux, on peut rêver. Je sais qu'elle est ouverte deux cents heures par an, aux scientifiques et à quelques rares journalistes, alors j'ai tenté ma chance. J'ai envoyé une lettre à la conservatrice, avec mes livres précédents, pour lui expliquer mon projet : *Madame, pour toutes ces raisons, je souhaite visiter la grotte, mais croyez-moi ou non, en vérité c'est elle qui souhaite me rencontrer.*

Elle m'a appelée pour me dire que, malheureusement, c'était impossible, elle a dit : « La grotte est comme une vieille dame convalescente… » J'étais très déçue, mais ravie qu'elle m'ait rappelée et nous avons parlé un moment. Elle était sa nouvelle gardienne, j'étais heureuse d'avoir pu lui parler. Mais finalement, lorsque je suis avec Simon et que j'avance dans ses ténèbres, j'ai aussi la sensation de mettre un pied dans la vraie grotte. Et celle de Simon est peut-être encore plus belle.

— Simon, vous vous rappelez les derniers mots que vous vous êtes dits avec votre mère ? La dernière phrase.

— Maman, je pars avec toi, je me rappelle, c'est ça.

Je ne dis rien.

— Parce que moi, je pleurais, j'avais quand même quinze ans et des poussières, j'étais encore un gosse.

Drancy, 27 novembre 1942

— Où est-elle ?

— Mais qui ça ?

— Une femme, avec un chignon noir, avec une robe marron, col en dentelle.

— Je sais pas, gamin !

Simon se met à hurler dans la cour de Drancy. Derrière lui, la licorne de Lascaux ne le lâche pas d'une semelle, c'est comme ça qu'elle a été nommée : des contours noirs, avec des taches marron clair et foncé, bouche ouverte, et deux cornes immenses. Il le demande à chaque personne qu'il croise, leur décrivant sa mère.

— Vous l'avez vue ?

— Je ne sais pas, vous êtes certain qu'elle était ici ? demande une femme.

— Vous croyez que je mens ? Je l'ai vue hier soir, elle était là !

La licorne s'arrête net et semble réfléchir. Simon pousse un hurlement, elle ouvre la bouche et pousse un son strident vers le ciel. Un homme court vers Simon, des habits propres ou presque, on voit qu'il essaye de conserver une certaine élégance sans y parvenir vraiment.

— Qu'est-ce qui t'arrive ? Tu vas te faire tabasser à crier comme ça !

— Ma mère, brune, grande, avec une robe marron, je ne la trouve plus…

— Il y a eu un convoi ce matin, elle a dû partir.

— Je travaillais pour ces connards de flics, je n'ai pas pu la revoir…

Il se met à pleurer, s'effondre totalement au sol. La licorne avance son visage, et lui caresse la joue :

— Arrête, s'il te plaît.

— Pardon ?

— Non, rien, c'est pas vous.

— Relève-toi mon garçon, allez… Ta mère est partie, mais ne t'en fais pas, elle va vers l'Est. Ma cousine est dans le même convoi, j'ai vu la foule prendre le bus pour la gare, t'en fais pas, ça va aller.

Train, mains tendues avec des bouteilles vides, trois jours, trois nuits, enfants portés à bout de bras par les femmes qui se relayent, wagons à bestiaux, interdiction par les soldats allemands de remplir les bouteilles tendues sur les quais, dessèchement de l'espoir, corps serrés, pressés, corps à genoux dedans, hallucinations, miracle trompeur, souffle coupé en plusieurs morceaux, cris d'animaux humains, pleurs, trois jours, trois nuits.

— Vous croyez qu'elle est partie, vraiment ?

— Écoute-moi, je te dis que tout se passera bien pour elles et tous les autres, la guerre va se terminer sous peu, on va tous se relever de ce qui nous arrive. Prie, mon garçon, prie.

— Je ne suis pas croyant, monsieur. Je ne sais même pas comment on fait pour prier...

Simon se relève. La licorne est à ses côtés comme un chien géant, large de plus de deux mètres. Elle sautille devant lui, souhaite jouer, frétille.

Pendant ce temps, ceux du train, corps flottants, odeurs terribles, peur tremblante. *Il faut vivre, Victorine, vivre jusqu'au sang, vivre et mourir de vivre. Jeter de la vie par les narines, par les yeux, par le cœur, et tracer un chemin dans cette vie.* Debout ou rien, tomber, piétinement, cimetière au sol, faire une tombe bien lisse, bien propre pour y déposer ses sentiments. *Ce qui me fait tenir, c'est que bientôt nous serons mariés, je ramasse un million de souvenirs que tu ne connais pas de moi et je te les offre, ici là, dans cette lettre. Trouve-les.* Se préparer au pire, être dedans, le pire, se réciter un poème perforé par des manques, invoquer des moments joyeux sans y parvenir, mais essayer. *Je t'embrasse Ma-demoiselle, ma Victorine.* Têtes qui tournent autour des autres têtes, mille personnes dans le ventre mécanique d'un train. *Je suis fait de toi.*

Simon s'assied au fond de la cour, contre un mur, c'est interdit, comme tout ici, mais il n'en a rien à secouer. La licorne, elle, mange un petit bout d'herbe qui a réussi à pousser sur du béton. Puis, en mâchouillant, s'assied à côté de lui. Et lui se met à prier la grotte.

27.

Les mondes souterrains, 23 novembre 1942

— *Alors c'est toi, la fameuse beauté de l'art pariétal.*

— *Qui est là ?*

— *Tu vas bientôt me connaître, ne t'en fais pas, nous avons tout le temps. Je passais te voir avant que tu disparaisses complètement. On te dit tellement belle et puissante, j'ai voulu le constater de mes propres yeux. Et au fond, je ne suis pas déçue. Si je le pouvais je t'embrasserais sur-le-champ !*

— *Encore faut-il que je le veuille.*

— *Que tu le veuilles ou non, cela m'importe peu.*

— *Donne-moi ton nom.*

— *Je suis la Mort.*

La Grotte ne dit plus un mot.

— *La Guerre t'avait prévenue. Tu aurais dû fermer ta grande bouche... Chance pour toi, en ce moment c'est vrai, je suis très demandée, ton heure n'est pas encore venue.*

— *Bien ! Alors retourne à ton occupation, tu connais la sortie, c'est par là où tu es entrée.*

— *Tu as la maladie des hommes, leur souffle va t'asphyxier… Rester au fond de la terre, c'était ta destinée, dès l'origine. Quand les Grecs t'ont nommée* kruptein *: « cacher », tu penses que c'était un hasard ? Vouloir changer ton propre nom, faire mentir tes racines, tu as pris un risque stupide. Il ne faut jamais changer le plan que l'univers a conçu pour nous.*

— *Tu te trompes, il faut absolument le changer justement.*

— *Eh bien, tu mourras.*

Elle ne répond pas.

— *Tu as perdu la parole ?*

— *Non, je m'économise.*

— *Tu fais bien, la bibliothèque d'Alexandrie, elle, n'a pas fait cet effort. Bon, ce n'est pas que je m'ennuie à respirer ton air trop riche en dioxyde de carbone, mais j'ai un convoi qui m'attend.*

— *Je ne te retiens pas.*

La Mort s'échappe.

— *Attends !*

— *Quoi ?*

— *Tu ne le sais pas encore, mais la Mort peut mourir. Tu peux mourir.*

— *Ah bon ? C'est nouveau. Tu m'intriguerais presque… Continue, j'aime entendre des histoires drôles, ça m'arrive peu.*

— *Dès lors qu'un certain sentiment souterrain s'immisce à l'intérieur d'un être, tu n'es plus rien. Mourir ce n'est jamais qu'un état, des choses vivent au-delà.*

— Il reste les asticots, c'est vrai… Le mal des profondeurs te fait dire n'importe quoi.

— Regarde, sombre idiote, à l'intérieur des cavités humaines, dans leurs poitrines. Ça s'appelle les sentiments et ça se transmet dans les œuvres.

— Les poitrines je les brûle, je les mange, et les œuvres je les désosse. Et inversement. Parlerais-tu de l'amour ? Serais-tu folle à ce point ? Ce « si peu de chose » qui reste dans les cœurs des hommes… Je te croyais moins naïve…

— Tu verras, ça, tu ne peux pas le consumer, ni l'avaler, tu ne peux rien en faire.

— Les sentiments, je les broie avec la peur. Plus rien n'existe après ça.

— Tu te trompes, les humains ne vivent que de ça, et ne s'expriment que par et avec ça.

— Tu veux me faire mourir de rire, je vois !

— Je sens que tu doutes déjà.

— Je doute, moi, dis-tu ? ! Je suis le ravage sans retour, je suis le sang de l'accident, le périssable. Et tout le monde me craint. J'ai fait mes preuves, la fin de Néandertal, Pompéi, la peste noire, l'Inquisition, la vieillesse des cellules, le massacre des cathares. De toutes choses, êtres vivants, idées, combats, je suis la fin. Je suis cousue aux hommes et au reste.

— Toi-même, tu as un sentiment, et tenace qui plus est.

— Première nouvelle ! Et quel est-il ? Fais-moi la grâce de ton savoir !

— L'échec.

— *Je ne l'ai jamais connu. Donne-moi un seul exemple de* mon *échec ?*

— *Tu l'as dit toi-même, l'amour.*

— *Je le tue régulièrement, crois-moi.*

— *Il en reste toujours quelque chose.*

— *Je préfère partir que d'entendre des inepties pareilles. Tu me déçois terriblement avec ta bêtise de bonne femme…*

— *Mais j'en suis une.*

Un silence.

— *Qu'est-ce que j'entends ? Un gosse ? Il implore quelque chose.*

— *C'est pour moi, va-t'en, laisse-moi. Moi aussi j'ai des choses à faire et à dire.*

— *Un dernier mot, ta maladie, celle qui va se propager sur tes parois d'ici peu, de quelle couleur la veux-tu ? Je te fais une fleur, tu peux choisir. Une crise biologique, c'est comme un arc-en-ciel.*

— *Je suis la maladie de l'amour.*

— *Alors elle sera blanche comme un linceul.*

— C'est vous, là ? je demande à Simon.

— À Drancy dans le camp, oui.

On regarde un livret relié, le *Mémorial de la déportation des juifs de France* de Serge Klarsfeld. Sur la couverture, il y a des photos en noir et blanc, une arrestation dans la rue, des bus garés attendant d'être remplis, une famille nombreuse. À l'intérieur, ce sont des listes de noms, des rapports, des notes, des photographies, et les convois, jour par jour, avec des télex réglementaires envoyés par les sections antijuives de la Gestapo. Le nom d'Adolf Eichmann est cité, je pense automatiquement à Hannah Arendt qui avait couvert son procès, elle écrivait à ce sujet : *Malgré tous les efforts de l'accusation, tout le monde pouvait voir que cet homme n'était pas un « monstre » ; mais il était difficile de ne pas présumer que c'était un clown.*

Sur la table du salon, nous regardons donc Simon, âgé de quinze ans et des poussières, en train de faire la queue avec d'autres garçons et des hommes, à son arrivée à Drancy. Autour de cette image, il y a des choses écrites à la main, celle de Simon. Il a mis des flèches au-dessus de certains visages : *Arrêté avec moi, Coencas Simon* (il se nomme lui-même et a ajouté : 15 ans 1/2) *; Peraton arrêté avec moi demeurant boulevard Davout, 18 ans ; (des visages avec des flèches) arrêtés avec moi, demeurant porte de Bagnolet, tous des copains de mon frère Maurice ; nom à retrouver à la Kommandantur avenue Foch, s'est évadé du wagon, rencontré à la Libération à Paris, jamais revu après.*

— Celui-là, je l'ai rencontré à la Libération, il s'est échappé du wagon !

— Non ? !

— Ouais. Il était pas grand, lui, puis il était costaud, y avait des barreaux. Les autres sont morts à Auschwitz.

— Il s'appelait comment ? Vous vous rappelez ?

— Non. Je l'ai rencontré à la Libération, lui. Parce que, voilà, il était là-bas, il a pas été arrêté avec nous.

— D'accord. Vous l'avez rencontré dans le camp.

— Je vais vous expliquer. Quand on a été arrêtés, vous voyez, à la Conciergerie, ils ne pouvaient pas nous garder, ils nous ont envoyés à la Kommandantur française, avenue Foch, c'était la milice.

Il tousse.

— Vous voulez quelque chose, qu'on vous nettoie ?

— Ça va passer.

— On fait une pause, je dis.

— Oui.

Mais il continue.

— Alors, on était donc là-bas au truc de la milice, il a été arrêté, j'sais pas… Et il est rentré avec nous. On était dans une pièce où y avait des postes de radio.

— Ah oui ?

— Les juifs n'avaient pas le droit d'avoir la radio. On leur avait supprimée, vous voyez. Ils les gardaient là-bas.

Il tousse encore.

— Et on est partis tous en même temps à Drancy. Il était de l'âge des copains de mon frère, il était plus âgé donc. Lui, il s'est sauvé du wagon. Le peu que j'me rappelle, y avait des wagons, des wagons à bestiaux avec des barreaux, et il a pu s'échapper. Ça durait trois jours et trois nuits, le voyage pour Auschwitz.

— Quel enfer…

— Vous avez pensé à vous échapper de Drancy ?

— C'était une idée, oui, mais c'était impossible. Je m'échappais dans ma tête, des fois, souvent.

Riboux (vous ne savez toujours pas où c'est, je sais…), 18 avril 2019

Cette photographie de Simon, celle que je regardais à ses côtés, ce visage qu'il a avant d'être réellement jeté dans le camp de transit de Drancy, je la reverrai quelques mois plus tard à Lascaux IV. Sur un mur, à l'intérieur du musée, il y a une inscription HOMMAGE AUX INVENTEURS, avec la photo de chacun d'eux, jeunes. Chacun a droit à son portrait de l'époque, en noir et blanc, et celui de Simon, c'est celui-là, la photo prise dans la queue pour Drancy. Et c'est encore ce portrait devant la maison du Chêne. Ça m'a beaucoup perturbée, que ce cliché soit utilisé pour représenter Simon en inventeur. La vérité, c'est que c'est la seule photographie de Simon datant des années quarante et qu'avant, pendant et après la découverte, aucun autre moment de son existence n'a été, n'a pu être immortalisé.

D'abord, qui a pris cette photo ? Un journaliste de la propagande ? La Gestapo ? Un flic français ? Parce tout y est fait pour qu'elle paraisse être un événement banal : des hommes et des garçons font simplement la queue. Il y a, quand on regarde le cliché dans son entier, sur la veste de l'un des deux garçons dans la file avant Simon, une étoile. Simon, lui, comme nous le savons, ne l'a jamais mise. Aussi bien, finalement, ce pourrait être dans une file d'attente pour le cinéma. Le visage de Simon dégage une expression plutôt tranquille. Il ne sourit pas, il attend, les mains dans les poches, avec une veste claire et un pull noir. Il est bien coiffé. Il est en quelque sorte intact. Avant l'accident. Et c'est cette figure-là, en attente, comme celle d'un animal figé de Lascaux, un peu en biais, qui a été agrandie et découpée pour le représenter en tant qu'inventeur.

Cette photo, truquée au départ, pour faire croire que passer à Drancy n'est rien de grave, montre le visage de ce jeune garçon, Simon Coencas, qui lui ne l'est pas, truqué. Il est saisi dans un instant de vérité pure. Quinze piges. Derrière et devant lui, les copains. Voilà où il est, il est « avant de ». Il a même encore un pied à Lascaux, plus qu'à Drancy. Cette image, sans aucun doute mensongère, qui pourrait tout aussi bien être celle d'hommes montant dans une voiture dont on a trafiqué les freins, avant le crash, représente aujourd'hui aux yeux du public un gamin qui a découvert la plus belle chose du monde. C'est inattendu et magnifique.

Au Musée national de la préhistoire des Eyzies, alors que je regardais les vitrines avec mon père, quelque chose nous a sauté aux yeux. Sur les descriptions, par exemple, de propulseur ou de collier (magnifiques au demeurant, comme toutes les productions néandertaliennes… Ces hommes étaient touchés par la première grâce de l'humanité), il était écrit : *20 000 ans B.P.* Ce B.P. nous a laissés songeurs. Qu'est-ce que cela voulait dire ? Nous avons demandé à un guide :

— On ne dit plus avant ou après Jésus-Christ maintenant, mais *Before Present.*

Jésus avait donc été mis au placard pour être remplacé par *le présent.* C'est là que j'ai compris que Simon, sur sa photographie, n'était pas avant le drame, mais *avant le présent.* Il était là. Il est là. Dans un interstice fatal et beau, dans un terme assez puissant pour être sorti d'un poème de Michaux, Baudelaire, Char, ou Ginsberg. C'est dans ces quelques mots que l'art et la science ont pu se rencontrer : *Before Present.* Et où Simon, le découvreur, l'inventeur de la chapelle Sixtine de la préhistoire, avait eu le privilège de se tenir sur une photographie au bord du gouffre. Voici ce que l'on voit dans mon musée imaginaire :

« Simon Coencas, *Homo sapiens sapiens dit homme moderne,* appelé aussi découvreur. Découvert lui-même par une grotte ornée en 1940. Ce cliché a été trouvé par Serge Klarsfeld. Personne n'aura été capturé si près du dernier moment d'une enfance avant le présent. »

28.

L'animal le plus dessiné sur ma surface est le cheval, j'en ai trois cent cinquante-cinq, ils sont souvent en train de faire des « galops volants », c'est comme ça qu'on a désigné ça, parce qu'ils semblent flotter dans l'air. Rien d'autre ne vole chez moi. Un vautour ? Pas de ça chez moi. Non, merci. J'en profite d'ailleurs pour remercier mes artistes de s'être abstenus d'y penser.

L'adolescence de Simon c'est une histoire d'allers-retours. Paris-Montignac, Montignac-Paris, Paris-Drancy… et d'aller-retour entre la survie et la mort qui plane au-dessus de sa tête.

— Pendant la guerre, y avait une société juive qui s'occupait de placer les enfants juifs chez des gens, et moi donc j'ai travaillé chez Calberson, une société de transport, dans une rue vers Strasbourg-Saint-Denis, dans une boutique où on expédiait des colis. On recevait des colis de nourriture à cette époque-là. Je travaillais là-bas, moi déjà je fumais, on n'avait pas le droit au tabac mais on fumait. C'est là que, en étant chez Calberson, je suis sorti pour acheter des cigarettes au détail, j'avais pas beaucoup de sous, et c'est là que j'achète des cigarettes à un gars dans la rue. Et j'ai entendu derrière moi : *Police !* J'avais déjà été à Drancy, je vous dis pas, je suis parti comme une flèche et je me suis sauvé ! J'avais une de mes tantes qui habitait rue du Faubourg-Saint-Martin. J'ai été la voir chez elle, elle était mariée avec un catholique, c'était la sœur de mon père. Quand je suis arrivé, je tremblais. Quand ma tante m'a vu, elle m'a dit : « Écoute, tu vas aller chez ma sœur, à la campagne, pas loin de Paris. » Après, je suis revenu chez moi.

Je ne dis rien, j'écoute :

— Je n'arrivais pas à quitter Paris vraiment, je voulais revoir mes parents quand ils rentreraient. Je vous raconte pas pendant la guerre, quand on prenait le métro, c'était toujours le dernier wagon, y avait souvent la police qui était là, ils arrêtaient les gens et tout… Cette sensation de peur, elle est apparue quand je suis sorti de Drancy, et après j'ai eu la peur en moi, ça a continué.

— Bien sûr.

— Même après, j'avais… mais on se rend pas compte à quinze, seize ans, on est insouciant.

Paris, 23 novembre 1942

Simon est sur le quai du métro Havre-Caumartin. Sur des bancs en bois, des gens attendent tranquillement le prochain train. Il y a un distributeur de chocolat Meunier, vide depuis longtemps déjà, et une affiche gigantesque, qui trône dans la station. Un vautour y tient dans ses griffes une femme blanche et blonde allongée par terre. Elle a les seins nus, et le drapeau français en guise de jupe. Elle, la femme, la République, semble hurler, bouche ouverte, bras ballants, se laissant faire par l'animal. Sous l'image, il est écrit : *Français ! Au secours !* Puis : *Institut d'études des Questions Juives, 21 rue La Boétie, Paris.* Simon se défigure en regardant cette chose qui mesure trois mètres de haut. Le train est arrivé, il embarque dedans, se met au fond, debout. Il n'a que quelques stations à parcourir, il les compte. Chaque fois que la porte s'ouvre, il regarde les gens s'engouffrer dans le wagon. Picotements dans les mains. Arrivé à son travail, il veut fumer une cigarette, et bien entendu n'en a pas. Il chope un type dans la rue.

— Qu'est-ce qu'il te faut ? demande l'homme.

— Une cigarette, s'il vous plaît.

Échange de monnaie et de blonde frelatée, de main en main, et toujours le picotement de la peur, qui continue. Griffes de vautour dans son dos : *Police !* Vent froid qui gifle sa nuque. Il s'élance et court sur le pavé, ne respire plus, il fonce tout droit, ne se retourne pas. Il voit à peine défiler les ruelles autour de lui, ne sait pas si le flic est à ses trousses, il n'entend rien. Ses jambes, tremblantes, sont en train de le lâcher, mais il ne doit pas s'arrêter, impossible. Un miracle, il lui faudrait. D'un coup, il se sent comme propulsé par une force, le cheval jaune de l'abside, de deux mètres cinquante de largeur, le pousse. Le cheval rouge vient de le dépasser et galope près de lui. Les six chevaux chinois du diverticule axial sortent d'une rue parallèle et courent en ahanant. Puis le petit poney noir se plaque dans son dos. Simon ne distingue que leurs couleurs, noir, marron, rouge, jaune, qui virevoltent dans l'air. Ses jambes ne tremblent plus, parce qu'il sait qu'avec eux, il est sauvé.

29.

Les hommes des cavernes ont laissé en moi, sans le faire exprès, des empreintes de leurs pieds et de leurs mains. À l'entrée de ma Nef, on a même appelé un de mes panneaux l'Empreinte, *à cause d'une main qui avait été plaquée dans l'argile, mais qui a disparu depuis.*

— Simon, vos parents se sont-ils croisés à Auschwitz ?

— Mon père, en 42, il a été expédié dans les camps, voyez, donc il a dû rencontrer ma mère, c'est ce que je pense d'ailleurs, il a dû la voir arriver, enfin passons…

Il reprend :

— Alors il a dû la voir avant, et lui rester là-bas, parce que, mon père, il savait sûrement qu'ils faisaient une sélection dans les camps à Auschwitz, mais quand on avait quitté le camp de Drancy, c'était fini, c'était la mort. Y a pas de… C'est comme ça. Mais comme mon père y était, et qu'il réceptionnait ses copains, c'est là qu'il a dû réceptionner ma mère. Il a dû la voir là-bas. Oh, mon imagination ! tout ça, ça travaille, vous voyez.

— L'important, je crois, c'est qu'ils se soient revus.

Auschwitz, 23 novembre 1942

C'est elle ? Quand le nouveau convoi arrive au camp, on dirait *Le Radeau de la Méduse*, les mêmes couleurs, gris-bleu ravagé, nuances de noirs, écume blanchâtre, et les naufragés semblent voguer sur le sol. Ils sont comme déjà fantômes, une fiction d'eux-mêmes. Un autre soi que soi. *C'est bien elle ? !*

Écrit en gros au-dessus de l'entrée : LE TRAVAIL REND LIBRE. Les têtes se relèvent enfin, lisent le message en lettres d'acier, puis pénètrent à l'intérieur. *Ma-demoiselle, pas toi, ici... non... pas toi. Elle doit lui ressembler, c'est une autre qu'elle, souvent je crois te voir, à chaque convoi, calme-toi Michel, c'est pas Victorine.*

Ils avancent tous devant des gardes armés, tellement armés à l'extérieur qu'on les penserait désarmés de l'intérieur. Ils sont entourés de barbelés, comme un troupeau, et attendent. On leur gueule dessus en allemand, peu comprennent. Ce qu'ils savent, c'est que ça crie, c'est tout. *Et en même temps mon cœur est divisé, te revoir, c'est la seule chose que je souhaite, à laquelle je pense sans cesse, mais pas ici.*

Elle est au centre de la foule, exténuée, au bord de tout, et à cinquante mètres, peut-être plus, une apparition : Michel.

Il y a un sentier, il y a mille sentiers qui vivent dans ma tête. Des chemins solitaires, nombreux, habiles et de confiance, où nous pouvons aller ensemble, sans être ici.

Il la regarde, elle pleure. Elle le regarde, il pleure. Il y a des clôtures partout qui les séparent, impossible de se toucher, de se sentir, de caresser ses cheveux, de se voir vraiment. Ses cheveux... L'odeur lui revient. Mais il sait que bientôt elle ne les aura plus. Envie de dégueuler. Il hurle :

— Victorine !

Et il se prend un coup de crosse dans le ventre, tombe au sol. Elle se laisse fondre dans la foule, s'y noie presque, tombe à genoux et pose ses mains dans la terre, laisse ses empreintes dans la boue.

Après avoir soulevé un rideau vengeur, nous serons chez nous, de nouveau dans notre monde, nous regarderons l'extérieur s'éteindre, tandis qu'en nous : la lumière.

Elle se relève, il y a une file géante, vue du ciel, on dirait une rivière, dont elle fait partie comme une minuscule goutte d'eau, et qui se divise en deux. Michel se relève et lui fait un sourire. Il sait aussi qu'il faut qu'elle prenne la file de gauche, sinon... Y a pas de sinon, jamais. Elle doit prendre celle de gauche. Il lui fait un signe avec le doigt pour qu'elle aille dans la bonne. Il se donne des claques sur les joues pour qu'elle se réveille et bombe le torse, *fais ce que je fais ma Victorine, vas-y,* il faut qu'elle soit apte au travail. *Ma-demoiselle, fais ce que je te dis et tout ira bien. Je te ferai tout connaître, et les bois perdus et les sources éphémères. Écoute vivre en moi la vie que tu m'as donnée. N'écoute que cette mélodie, ma Victorine, allez.*

Pour bien faire, il faudrait qu'elle prenne une épingle dans ses cheveux, ou bien le bout pointu d'une broche, pour se piquer et étaler du sang sur ses pommettes. Certaines ont survécu grâce à ce geste.

Je suis cette aiguille. Je serai ton amour du monde, je te ferai aimer ces autres que tu dis détester car tout le tien, d'amour, m'adresse sans cesse la parole.

C'est son tour. Elle se présente. Un soldat tire sur son menton, la dévisage. Des mots sont prononcés en allemand. Il l'envoie à droite. Elle fait semblant de ne pas comprendre et se met à gauche. En hurlant, le SS la renvoie vers la droite. Elle se résigne et regarde Michel, haussant les épaules, comme pour dire : la prochaine fois. Il lui fait un signe de la main, elle le lui retourne. Il sait. Il fait semblant de ne pas savoir, ne veut pas l'inquiéter, se retient de pleurer, de vomir, de se couper en deux, se disloquer. *Tu me feras des robes avec le tissu de ta peau ?*

— *Je te ferai tout ce que tu veux.*

30.

*Mes cavités sont le résultat de ce que l'on appelle une fantomisation. L'altération du calcaire dans mes profondeurs, et l'eau qui a travaillé encore et encore en moi pendant un temps infini. Je suis née de la transformation du calcaire en sable, que l'on appelle le fantôme de roche. Je suis apparue par le vide mais au fond je suis pleine d'un secret. Et la littérature l'a révélé dans l'*Iliade *: « Les Perses donnent le nom de caverne à l'endroit où ils introduisent un initié pour lui révéler mystiquement le chemin de la descente des âmes et celui de leur retour. »*

— Simon, vous saviez que dans certaines grottes, il y avait des « fantômes » ?

— C'est-à-dire ?

— Eh bien, des figures humaines, humanoïdes on va dire, pas à Lascaux, mais il y en a trois dans les grottes des Combarelles et de Font-de-Gaume. Elles sont très près de Lascaux, ces grottes. Je les ai visitées, vous savez, je vous ai envoyé une carte postale pour vous le dire.

— Ah oui, oui, oui ! Nous l'avons reçue, dit Gisèle.

— Je trouvais ça… peut-être un peu ringard aussi, de vous envoyer une carte avec la frise des cerfs, celle qui vous a fasciné enfant. Envoyer une carte postale de Lascaux à son inventeur, ça m'a amusée. Je me suis même rapporté une bougie de Lascaux IV…

Simon ne répond pas. Il est ailleurs.

— Vous savez maintenant que je fais plus rien, je pense toujours, j'me vois avec mes parents dans le camp d'Auschwitz, avec mon père, avec ma mère, je me vois comme si j'étais avec eux. Ma mère quand elle marchait dans la rue, les gens se retournaient.

— Peut-être, il y a une façon de vous faire vous retrouver, je suis là pour ça, non ?

Il me regarde.

Monde souterrain, 2019

Les taureaux ont déserté leur salle. La paroi est vidée. Disparus, envolés. Ils sont tous en train de suivre Victorine, charmés, envoûtés par elle, ils ne veulent pas la lâcher. Elle porte son manteau de fourrure, un chignon, du rouge à lèvres carmin, yeux de biche. Elle passe dans le diverticule axial, regarde une vache sauter. Michel, lui, est dans l'entrée, il a un costume en velours beige, avec un mouchoir blanc qui dépasse de la poche, une cravate bleu foncé. Le dernier arrivé, c'est Simon, il descend l'éboulis. Sur son bras, sa blessure se réveille. Les taureaux beuglent, deviennent fous. Simon, ils l'ont reconnu. Ils décident alors de revenir à leur place d'origine, mais pas facile, tous doivent se retourner, et sur la paroi, c'est petit. Victorine regarde les dessins s'affoler, bouger sur la roche, à côté d'elle. Ils se mettent à courir, elle les suit, en talons, et manque trébucher. Elle tombe nez à nez avec une créature magnifique.

— Michel ! elle hurle.

Il la regarde, elle pleure. Elle le regarde, il pleure. Ils tombent dans les bras l'un de l'autre.

Simon les voit, court à leur rencontre, alors que les taureaux et les aurochs sont aux premières loges. Les animaux sont émerveillés, bouleversés. Ils viennent de découvrir le plus beau sentiment de l'humanité, c'est là, sous leurs yeux.

— Qui êtes-vous ? demande Michel.

— C'est Simon, papa !

Et il se blottit contre eux.

Petit à petit, tous les animaux de Lascaux veulent voir la scène, ils se serrent sur la paroi, un bordel monstre. Cerfs, chevaux, aurochs et l'homme ithyphallique leur grimpent dessus, se hissent.

— Simon ! crie Victorine.

— Oui, maman, c'est moi, il dit en appuyant sur son pansement.

— Quel âge as-tu ! ?

— Quatre-vingt-onze ans.

— Incroyable, elle dit en l'embrassant sur le front.

— Qu'est-ce que tu as à la gorge ?

— C'est rien…

— Qu'est-ce qui t'est arrivé ? Tu vois des médecins au moins ? Simon, mon tout petit, tu t'en es tiré… C'est merveilleux.

Le taureau géant aimerait bien pleurer mais il n'a pas d'yeux, ni de canaux lacrymaux.

— C'est rien, maman, t'en fais pas. Je suis tellement heureux de vous revoir.

— Raconte-nous ta vie, qu'est-ce que tu es devenu ?

— Tu as une femme et des enfants ? demande Michel.

— Oui, j'ai des enfants, papa, et une femme depuis soixante-dix ans, et j'ai même 677 animaux.

Épilogue

Y a des gens dans la vie, ils ouvrent votre caverne intérieure. C'est comme ça, vous êtes avec eux et quelque chose dedans les a comme invités. C'est sans doute une forme de choc amoureux (auquel je crois peu finalement), ou plutôt un choc maïeutique (auquel je crois en tout, même en amour). Se laisser naître avec un autre, par l'autre. Naître ensemble. Il y a ça entre Simon, Gisèle et moi, à chaque fois que je suis chez eux. Un ajustement des devenirs.

— Vous n'avez pas froid ? elle me demande, alors que j'arrive dans le salon.

— Non, non, je suis très bien, j'suis parfaite là !

Nous sommes tous les trois installés autour de la table, comme le jour de notre rencontre. La télévision est allumée, sans le son. On se regarde un peu et puis :

— Y a quand même un mystère dans votre vie, Simon.

— Ah ? il répond.

— Votre rencontre avec Gisèle. Vous vous êtes rencontrés comment ?

— Elle avait dix-sept ans, à Strasbourg-Saint-Denis, elle avait déjà un fiancé, elle travaillait chez le marchand de vêtements.

— Oui, c'est vrai, elle répond, j'étais vendeuse.

— D'ailleurs, mon frère Maurice m'a dit qu'il avait trouvé ma femme dans la boutique d'en face et c'était vrai.

— Maurice a eu l'œil, je dis.

— Et vous, Gisèle, vous avez laissé tomber l'autre, alors ?

— Oui, sans problème aucun… Simon m'a plu.

— Et donc soixante-dix ans plus tard, vous êtes encore ensemble.

— Eh oui… On a eu les enfants, des hauts, des bas, la vie, me dit Simon.

— Oui, je réponds.

— Et on a travaillé ensemble et on a monté notre affaire ensemble, m'explique Gisèle.

— Donc vous vous êtes vus tous les jours durant toute votre vie ?

— Parfois c'était long, dit-elle en se moquant.

— Ben, surtout soixante-dix ans… ça chiffre, je réponds.

On sourit tous, un peu bêtement, c'est vrai.

— Ce fameux trésor de Montignac, il existe ou pas finalement ?

— Non, c'était un mythe, répond Simon.

— C'est vous le trésor. Vous deux, je dis.

En sortant de chez eux, ce jour-là, je suis allée au Mémorial de la Shoah, dans le Marais. À l'entrée, il y a le mur des Noms. Y sont inscrits soixante-seize mille juifs déportés pendant la guerre, par ordre alphabétique, et j'ai cherché à la lettre C.

Michel Coencas et Victorine Coencas étaient là, gravés en doré. J'ai sorti de mon sac ma bougie, elle est en verre, avec écrit en gros LASCAUX, une vache dessinée dessus. Je l'ai allumée et je l'ai déposée devant le mur.

Simon Coencas, le dernier des quatre inventeurs de la grotte, est mort le 2 février 2020 à l'âge de quatre-vingt-treize ans.

Il a été décoré de l'ordre du Mérite, avec Georges Agniel, Marcel Ravidat et Jacques Marsal.

Lui et Jacques Marsal sont restés amis toute leur vie durant. Ils se sont vus pendant leurs vacances, se sont aimés à travers les années jusqu'à la mort de Jacques, en 1989.

La grotte de Lascaux a été fermée en 1953 par André Malraux, alors ministre de la Culture. Sa maladie blanche a été suivie par la maladie verte, mais elle est actuellement sauvée.

Remerciements

Yann, Antoine Caro, Juliette Duchemin, Cécile Boyer Runge et toutes les équipes des éditions Robert Laffont, Muriel Mauriac la conservatrice et gardienne de la grotte de Lascaux, Lascaux II, Lascaux IV, le guide Thierry Villesuzanne de la grotte des Combarelles, la Réunion des musées nationaux, Denis Vialou, Alain Coudré et le Muséum d'histoire naturelle de Paris, Antoine de Maximy, Serge Klarsfeld, Beate Klarsfeld, Arno Klarsfeld, le Mémorial de la Shoah de Paris.

Imprimé en France par CPI
en mai 2020

*Composition réalisée
par Rosa Beaumont*

N° d'édition : 60726/61
N° d'impression : 158501